Los indecisos

NOVELA|**B**erenice

ALEX DAUNEL

Los indecisos

Título original: *Les Indecis*

www.editorialberenice.com

Primera edición en Berenice: septiembre de 2023

Colección Novela

Director editorial: Javier Ortega
Editor junior: Manuel Ortiz de Galisteo

Impresión y encuadernación:
Gráficas La Paz

ISBN: 978-84-11313-83-4
Depósito Legal: CO-1315-2023

Impreso en España/*Printed in Spain*

A mi hija Sarah.
A mi padre.

«Apenas compadezco a los muertos, más bien los envidio; pero compadezco mucho a los moribundos».

Michel de Montaigne, *Ensayos*

1

—¿Policíaca? Primer piso, al fondo a la derecha.

—¿Romance? Segunda planta, primera puerta a la izquierda.

—¿Fantástica? Tercer piso. La puerta falsa de la derecha.

—¿Superhéroes? Segunda planta. En la parte de atrás. Tenga cuidado, está abarrotada.

Las indicaciones procedían de un joven que llevaba con orgullo su uniforme azul bígaro. En medio del vestíbulo, agitando los brazos, con el quepis atornillado sobre su pelo rojo, parecía un policía de tráfico.

Se dirigió a una multitud densa pero disciplinada, cada uno esperando para saber adónde debía dirigirse.

—¿Y tú? El tipo alto y moreno del impermeable beige, ¿qué eres?

—¿Yo?

—¡Sí, tú! ¡Date prisa! Hay gente esperando.

—¿Quién soy? Soy...

—No te pregunté quién eras, sino qué. ¿Qué género literario?

El hombre permaneció impávido, como si no alcanzara a comprender el significado de la pregunta.

—¡Oh, no! Por favor, dime que te gustan las novelas policíacas. Incluso las novelas gráficas... Todo vale.

—¿Debo decirte lo que me gusta leer? ¿Ahora mismo? Pero es complicado... ¿Y lo que me ha gustado o lo que me gusta?

—Ok. Está bien. Entiendo. Los indecisos, al final del pasillo. Sigue las señales.

El agente de policía le hizo un gesto para que avanzara. El hombre dudó.

—Para las explicaciones, ya verás allí. No tengo tiempo que perder —exclamó exasperado.

De espaldas, con el impermeable puesto y la nuca al descubierto, el hombre parecía un actor de los años sesenta. Si hubiera llevado sombrero habría parecido un joven Yves Montand o Humphrey Bogart. Pero de frente, no se parecía en nada a una estrella de cine. Parecía avergonzado tanto por su tamaño como por su ser.

Caminó por el pasillo blanco.

El lugar se parecía al colegio San José, donde había sido escolarizado: las paredes amarillentas, el reloj en lo alto de la gran escalera, los azulejos desteñidos y el laberinto de pasillos.

Siguió el cartel de «Indecisos» y tomó el pasillo de la derecha.

Sin preguntarle siquiera su nombre, una mujer con bata blanca le señaló una puerta. Entró.

Había un pequeño escritorio de formica y dos sillas a cada lado. La grisácea habitación le recordaba a la enfermería de su colegio, pero, con su pequeña ventana al fondo, el lugar se asemejaba más a una sala de interrogatorios.

Una mujer de unos cuarenta años llegó sonriente, con una carpeta en la mano. Su cabello corto y canoso contrastaba con la frescura de su aspecto.

El hombre dio un paso atrás. La cabeza le daba vueltas. No podía ser ella.

—Siéntate, Max —oyó.

2

—¿Señora Schmidt? ¿Es usted?

—Sí, Max, soy yo. Me alegro de verte —contestó ella, aún sonriendo.

—Pero... pero... vi su esquela en la prensa. Fue hace varios años. Incluso Lionel me lo contó. Cáncer, creo.

—En efecto.

—¿Fingió su muerte? Fue testigo de un crimen y ahora vive bajo otra identidad, ¿verdad? ¿Y yo también?

Max podía sentir su corazón latiendo a toda velocidad. Sus ojos verdes buscaron una señal tranquilizadora... pero no había ninguna. El lugar era espeluznante y la situación incomprensible. Estaba aterrorizado como un niño que se despierta en mitad de la noche, todavía preso de una pesadilla.

—Cálmate, Max. Siéntate, por favor. Y quítate el abrigo. ¿Quieres beber algo?

Al igual que en tercero de ESO, cuando había sido su profesora de Literatura y tutora, la señora Schmidt hablaba en voz baja, pero siempre con tono autoritario.

Max obedeció. Colgó su impermeable en la percha que tenía detrás. Le temblaban las manos. Se sentó en una incómoda silla de madera, al otro lado del escritorio.

—Querría un café, por favor —murmuró.

La señora Schmidt cogió el teléfono del escritorio y pidió café y té Earl Grey. Era uno de esos viejos teléfonos grises con un dial de disco giratorio. Se podía enroscar el cable alrededor de los dedos.

Abrió la carpeta, haciendo chasquear las gomas. El estridente ruido sobresaltó a Max.

Vio su nombre en la parte superior de las notas que había traído.

La mujer del pasillo, la de la bata blanca, llegó con una bandeja. Puso una tetera pequeña y un termo de café sobre el escritorio, junto con dos tazas blancas y azúcar moreno, el preferido de Max.

—Gracias, Maryline. Este es Max.

—Encantada de conocerte —dijo la mujer mientras se alejaba.

Max murmuró un «gracias». Sirvió café en su taza. Derramó un poco. La señora Schmidt le tendió una servilleta de papel.

—No lo entiendo... Mi último recuerdo es... No... Es demasiado extraño.

—Aquí no hay nada extraño. ¿Qué es lo último que recuerdas, Max?

—Recuerdo que conducía por la autopista. Llovía. Oí chirriar los neumáticos. Luego sirenas.

Un escalofrío le recorrió la espalda. Se calentó las manos en su taza, de la que salía humo.

—Recuerdo el frío del quirófano. Y la sed. Las luces cegadoras. Y luego no hubo nada... Después, hacía cola aquí.

Max estaba a punto de llorar. Le daba vergüenza sentirse tan mal. Podía oír cómo su padre se enfadaba: «¡No vas a lloriquear como una nenaza!».

Max no había sido un niño maltratado. Su padre sólo quería hacer de él un hombre responsable. Era su forma de demostrarle que le quería. Y aquí, ahora, en este frío lugar, a Max le hubiera gustado ser ese hombre fuerte e impasible.

La señora Schmidt se tapó la boca con las manos.

—Max, necesito que me escuches sin interrumpirme. ¿Lo entiendes?

Max asintió.

—Tienes razón, Max. Estoy muerta. De verdad.

—Pero...

—No, aceptaste escucharme, Max. Responderé a todas tus preguntas más tarde. Te lo prometo.

Max se preguntó si había perdido la cabeza. Lo que le molestaba era que físicamente era exactamente como la recordaba, hacía al menos veinte años. Una hermosa mujer de cuerpo atlético de unos cuarenta años, cincuenta a lo sumo. Y aún con ese color de pelo de señora mayor que únicamente la hacía más misteriosa. Entonces, su pelo era más largo. Esa era la única diferencia que veía.

—Fallecí, como todo el mundo aquí —dijo—. Un cáncer, en efecto. Incluso varios.

Max no pudo reprimir una risa ahogada.

—Aquí las almas están en tránsito... Deben encontrar en una novela un personaje en el que se reencarnarán, lo que les permitirá vivir para siempre.

Esta vez Max se rio a carcajadas.

—Reencarnarse en un personaje de novela resulta muy divertido. ¿Es una broma por mi cumpleaños? Voy a cumplir treinta y tres. Lo sabe, ¿verdad?

—No te preocupes. Estamos acostumbrados. Ese es el problema con las muertes violentas. La gente no está preparada. Pero todo irá bien.

Max se sentó de nuevo en su silla de madera.

—¿Qué quiere decir con una muerte violenta? ¿De quién está hablando?

—De ti. De tu accidente de coche. Falleciste unas horas después de la operación. Los médicos hicieron realmente cuanto pudieron. El choque en cadena en la A1 fue uno de los más mortíferos de Francia. 28 muertos, 160 heridos. Eso explica también la aglomeración en la entrada, en el vestíbulo. Normalmente esto está más tranquilo.

La mandíbula de Max se puso rígida. Su cuerpo se tambaleó ligeramente. La señora Schmidt le había dejado fuera de combate.

—¿Y Julie?

Max había preguntado por su novia por acto reflejo.

—Está bien. Estabas solo al volante.

Max era incapaz de hablar, moverse o incluso pensar. Ella estaba delirando. O quizá él. Podía oírla como si le hablara desde otra dimensión. Sin embargo, estaba allí, frente a él.

Se quedó en silencio. Entonces, el tono claro de su voz volvió a llenar la habitación.

—La sorpresa agradable es que morir no significa desaparecer. Tú estarás ahí para ella y para todos los que te quieren; e incluso para los demás, pero de forma diferente...

Max cerró los ojos. Se masajeó la frente con la punta de los dedos, en el entrecejo. Un gesto recurrente cuando estaba agotado y tenía que concentrarse.

Cuando volvió a abrir los ojos, ella estaba de pie frente al escritorio, con las manos detrás.

—El primer paso es elegir tu género —dijo, como algo natural.

3

—¿Qué género? —respondió Max.

—Tu género literario. Tienes mucho donde elegir. Novelas policíacas, de aventuras, históricas, de ciencia ficción... Recientemente se han incluido también las novelas gráficas.

—¿Novelas gráficas?

—Cómics, si lo prefieres.

—¿Es eso literatura?

—Se encuentra en la encrucijada del dibujo y el texto. Dado el número cada vez mayor de lectores, es bueno que las hayamos aceptado.

Max permaneció impasible. Para él, la literatura era simplemente las lecturas obligatorias de la escuela. Un festival de historias polvorientas, textos nebulosos y lenguaje arrogante.

—Después tendrás que esperar —dijo la señora Schmidt.

—¿Esperar a qué?

—A que un escritor te elija. Debes inspirarle. Tienes que hacer que quiera escribir sobre ti, que te ponga sobre el papel.

Max no entendía nada.

—¿Inspirarlo? ¿Como inspirar, espirar?

Al igual que en tercero de la ESO, había dicho en voz alta lo que se le pasaba por la cabeza. Un acto reflejo muy perjudicial que persistía hasta la edad adulta. A veces parecía un simplón, y eso le molestaba.

—Inspirar en el sentido de generar el aliento creativo, no en el de introducir aire en los pulmones... ¡Haz un esfuerzo, Max! El autor debe inspirarse en ti. En tu esencia. No elegirá necesariamente un personaje que se parezca físicamente a ti o que tenga tu misma profesión, te lo aseguro.

—¡Nada de todo eso me tranquiliza!

Siguió sonriendo y explicando sin preocuparse por Max, que se había levantado y daba vueltas por la habitación.

—Los más afortunados son luego adaptados en una película o serie. Harry Potter, Hamlet, Hércules Poirot, Alicia...

—¿Alicia? —repitió.

—¡En el País de las Maravillas! Todos vienen de aquí. Luego están los personajes secundarios. Es como en la vida, no todo el mundo puede ser una celebridad. Pero a algunos les va muy bien. Watson con Sherlock Holmes, el capitán Hastings con Hércules Poirot...

—¿Y hay sitio para todos? —preguntó, no sin ironía.

—Aquí es donde la cosa se complica. La gente lee cada vez menos. Pero cada vez hay más escritores. Así que tú puedes verte plasmado en una página en blanco porque has inspirado al autor, pero sin llegar a ser publicado. Lo peor es cuando deja el texto inacabado en el fondo de un cajón.

—¿Eso es muy grave?

—Vivir en un capítulo durante toda la eternidad puede resultar aburrido. De todos modos, es una cuestión de personalidad.

—¿Y los que no inspiran a nadie?

—Todo el mundo acaba en algún sitio. Hay más autores, historias y personajes que todos los fallecidos juntos. Pero puede llevar un tiempo. Y esta es como cualquier otra sala de espera, rápidamente te das una vuelta. Por eso te conviene estar en la categoría adecuada, en la que te sientas cómodo, para que un autor se fije en ti lo antes posible y vuelvas a estar en una historia que te convenga.

La señora Schmidt parecía seria y bastante coherente. Él mismo empezaba a creérselo, y eso era lo que más le preocupaba. De repente, mientras la miraba, un *flash* pasó por su mente. Si todo aquello era cierto, ¿qué hacía ella aquí?

—¿Y usted, no está en ninguna novela? —dijo, orgulloso por su pregunta.

—Yo tengo un estatus diferente. Soy una guía. Se necesita mucha gente para tratar con los difuntos, sobre todo con los indecisos como tú.

Como en tercero, ella tenía una respuesta para todo.

—¿Indecisos como yo? —repitió Max, con aire desafiante.

—Así os llaman... No te preocupes, es frecuente. Un indeciso por cada diez recién llegados, según nuestras últimas estadísticas.

—¿Tienen estadísticas?

—Como cualquier organización, seguimos lo que ocurre en casa.

—Y el autor se inspira en nuestras vidas. Como si hiciera una biografía de nosotros, ¿verdad?

—Puede, pero eso es bastante raro. De lo contrario, se aburriría como una ostra y no existirían la ciencia ficción o la fantasía —se rio.

Max ni siquiera esbozó una sonrisa. No estaba de muy buen humor.

—En primer lugar, para inspirar una historia, el estilo tiene que parecerse a ti —afirmó Schmidt—. Ya sea porque es un género que te gusta leer, que es el supuesto más fácil, o porque resuena contigo.

—¿Qué es un estilo que «resuena» conmigo?

—Ese estilo que te habla al alma... Lo sé, es un poco difícil cuando llegas... ¡Vamos a simplificarlo! ¿Te imaginas al Osito Pardo en una novela policíaca? ¿O a un marciano en una comedia costumbrista?

—No puedo imaginar nada más.

—No te preocupes. Es mi trabajo ayudarte. Mientras tanto, sugiero que repasemos tus lecturas.

4

Max no quería que le ayudaran. Quería irse a casa, aunque no estuviera seguro de lo que eso significaba.

Llevaba dos años viviendo en París con Julie.

Julie era dentista, pero no tenía ninguna de las características que él atribuía a sus compañeras. Sus rasgos finos, su voz suave y firme, sus ojos marrones almendrados y su cabello rubio la hacían femenina sin ser estirada.

Se habían mudado juntos a un gran apartamento de dos habitaciones en la plaza de la Nación de París.

Max volvió a ver ese piso, que era un reflejo de la pareja. Práctico, funcional.

Se había traído algunos muebles de su antiguo estudio: un sillón de tela desgastado pero de comodidad probada, un mueble para la tele de pino, en el que podía guardar la microcadena, y una mesa redonda plegable de roble, que había sido de su bisabuela.

Todo lo demás pertenecía a Julie, que no lo disfrutaba. Ya no soportaba el viejo sofá cama que la acompañaba desde su primer año en la Facultad de Odontología, y la estantería Billy de Ikea que colgaba en casa de todos los estudiantes.

Ella veía este piso como un nuevo comienzo, el de la edad adulta, de la vida de casada, del comienzo de tener el tiempo y los medios para decorarlo. Para Max, era más bien una oportunidad. El propietario de su estudio le había avisado para que se marchara. Lo vendía, y Max no tenía ni los medios ni el deseo de volver a comprarlo. Al mismo tiempo, el primo de Julie dejaba su apartamento de dos habitaciones en la plaza de la Nación para instalarse en un *bungalow* en Montrouge. Él les había presentado al propietario como una pareja joven y estable. El trato se cerró a los pocos días.

El alquiler era competitivo y su ubicación ideal para ambos. Julie estaba a sólo unas paradas de metro de su consulta. Y Max podía ir en coche a trabajar a las afueras o tomar el RER hasta los aeropuertos de Roissy u Orly.

Desde el momento en que se mudaron, Julie había coleccionado revistas de decoración. En el cuarto de baño Max encontró páginas arrancadas de salones y dormitorios, pero también de cocinas *high-tech* y lujosos cuartos de baño cuyas ventanas se abrían a playas salvajes. Se preguntó qué podía imaginarse ella viviendo en cincuenta metros cuadrados.

Un sábado por la mañana, mientras Max estaba en la cocina tomando café y leyendo la prensa del fin de semana, ella le entregó una foto de un salón con techo de catedral y un majestuoso sofá rinconero de terciopelo azul pato.

—¡Me encanta! ¡Es todo nuestro! —dijo entusiasmada—. ¿Te gusta?

Max le echó un vistazo.

—Sí. Es bonito... Hay sitio para el reposapiés del sofá, si te refieres a eso —respondió mientras seguía leyendo.

—Me refería a la atmósfera —murmuró.

—¡Ah, sí! Está bien... —había reanudado Max.

Al ver su expresión de decepción, dejó el periódico para escucharla.

—Siempre soñé que el día que viviera con mi novio, tendríamos el hogar que nos correspondería como pareja —dijo pasándole la mano por la nuca.

Max se preguntó cuál era la conexión entre su relación y la fotografía de un interior que no podían reproducir, dado el tamaño de su «hogar». En casa de sus padres, el reposabrazos del sillón del salón estaba roto desde que su padre se había caído sobre él mientras intentaba arreglar la televisión. Y su padre seguía utilizándolo, remendado con cinta adhesiva.

Se abstuvo de señalárselo. Se limitó a asentir y articular un «por supuesto».

—¡Fantástico! —exclamó, besándole en el cuello—. ¿Podemos dar una vuelta juntos por las tiendas? Sé que no es lo que más te gusta, pero me haría tan feliz.

Max sintió que no tenía elección. Cualquier oposición por su parte le habría llevado a una dolorosa discusión sobre su falta de compromiso, sobre los esfuerzos necesarios para que su relación funcionara. Para él era más fácil aceptar.

Pasaron varios sábados recorriendo los pasillos de las principales tiendas de muebles, pero también de otras tiendas de decoración en las cuatro esquinas de París. También se aventuraron en el rastro Puces. Pero Julie seguía dudando sobre qué color dar a su acogedor nido. ¿Optarían por una decoración de diseño o setentera, bohemia o minimalista? Sin estar seguros, era difícil encontrar un mueble adecuado.

Así que volvieron con las manos vacías. Bueno, no del todo. Julie coleccionó catálogos y tarjetas de visita con oscuras referencias a sofás, estanterías y mesas con o sin cajones.

El precio era un obstáculo que podrían haber superado si hubieran sabido elegir. Pero tuvieron que encarar los hechos: el sofá esquinero nunca cabría en su salón, el de los años veinte que encontraron en el rastro era bonito, pero incómodo (y a eso Max no se atrevía a resignarse), y respecto del de dos plazas probablemente se cansaría de aquella tapicería púrpura, digna de un cabaret de principios del siglo XX.

Después de dos meses de búsqueda infructuosa, Julie admitió que el sofá cama seguía siendo cómodo y podía utilizarse para que un invitado se quedase a dormir si fuera necesario. Mientras decidían el estilo del salón y los colores, ocultarían su funda acolchada de motivos geométricos azules y naranjas con una gran sábana blanca que tenía el mérito de ir con todo. Añadirían cojines y los cambiarían regularmente, según las estaciones, cosa que nunca hacían.

Dos años después, seguían en el mismo punto. Bueno, casi. Desde hacía unos meses, Julie había vuelto al tema del piso, más concretamente al de su tamaño. Necesitaban una habitación extra, que ella pensaba que serviría de despacho, y más tarde haría las veces de habitación de los niños.

Había añadido a su argumento una teoría que parecía irrefutable: si nunca habían conseguido decorar bien su casa era porque no habían sabido *proyectarse*. Y *proyectarse*, a su edad, era formar una familia. Resultaba obvio para ella. Un poco menos para Max.

Un cliente de Julie, agente inmobiliario, le había hablado de un apartamento de tres habitaciones para comprar cerca de Buttes-Chaumont. Una propiedad exclusiva que aún no estaba en el mercado. Una ganga. Había que rehacerlo todo.

Max no quería mudarse, ordenar las cosas, empaquetar su vida en cajas. Y dudaba de su capacidad para hacer obras, para elegir entre moqueta y parqué, entre ducha y bañera. Y comprar era algo más que planificar, era un compromiso. Con ese lugar. Y con ella.

Él la amaba. Al menos, eso creía. Se sentía bien con ella. Pero decir que el resto de su vida vivirían juntos era un paso que no se sentía preparado para dar.

Julie había insistido, alternando argumentos.

—Esta plaza de la Nation es tan triste... ¡Tan mineral! ¿No estás cansado de tanto hormigón?

No tenía nada en contra del hormigón, que había demostrado su durabilidad. En cualquier caso era exagerado, había unos cuantos árboles en su calle.

—Tenemos el bosque de Vincennes al lado —respondió Max.

—¡Estás hablando de un bosque al que hemos ido una vez en dos años! Ahora estaría bajo nuestras ventanas.

—¡Ruidos! Entre los gritos de los niños durante el día y la gente de fiesta por la noche, podemos despedirnos de la paz y la tranquilidad.

—Para los niños, un parque al lado de casa es el paraíso —había dicho Julie como si estuviera jugando su última carta.

—¡Menos mal que no lo tenemos! —respondió rápidamente.

—Todavía no... —había susurrado.

Con su trabajo, Max no disponía de tiempo para tener una familia, ir a fiestas escolares, revisar los deberes...

De hecho, no tenía tiempo para nada. Ni para tener hijos ni para tener amigos. Mucho menos para leer.

La novela, la ficción, era para quienes no tenían un trabajo de verdad como el suyo.

5

Max trabajaba para una gran empresa minera. No entraba en las minas con el pico, como su abuelo materno. Max era ingeniero. Se encargaba de comprobar la seguridad.

En el mundo de Max no se hablaba de carbón como la gente imagina, sino de níquel, manganeso, titanio, platino, cobalto, etc. Todos esos minerales eran esenciales para la metalurgia, y después para los sectores de defensa, energía, aeronáutica, telecomunicaciones y construcción. Y Max podía presumir de que su profesión le permitía desempeñar un papel en la vida de la mayoría de los habitantes de nuestro planeta.

Eso era lo que le había complacido al principio. Max no había escatimado esfuerzos para llegar hasta donde estaba.

Cuando estaba en el instituto, su profesor de Física y Química llamó a sus padres. Quería llamarles la atención sobre el hecho de que su hijo tenía potencial y que sería un desperdicio que no siguiera el «buen camino», que se traducía por una *grande école*. Su padre le había contestado simplemente: «Los estudios son cosa de vagos».

El padre de Max había empezado su formación a los catorce años con el viejo Mollard, pintor de casas. Aunque era muy bueno en aritmética mental, nunca se le ocurrió ir al instituto.

En cualquier caso, la cuestión nunca se había planteado. En su época, en su barrio, sólo había los del «castillo», los de Brière, que estaban destinados a pasar el bachillerato. Él tenía su certificado escolar en el bolsillo, y eso era suficiente.

Pero los tiempos habían cambiado. Estudiar se había convertido en la norma. Esto le superaba. Los «hijos de», los que iban a la universidad, tenían el cerebro blando. Había algunos que, a los veinticinco años, aún no habían terminado. Peor aún, algunos incluso cobraban el subsidio por desempleo.

Vivir de la sociedad y de sus padres era impensable.

El escepticismo de su padre no impidió que Max aprobara el bachillerato y obtuviera una mención que hizo llorar de alegría a su madre. Después, entró en Matemáticas, aprobó las pruebas de acceso para las *grandes écoles*. Pensó que iba a morir. Pero había sobrevivido, y acabó en la Escuela de Ingeniería.

El resto fue igual de clásico para los que conocen los códigos.

Había respondido a una oferta de prácticas para incorporarse como ingeniero químico en una empresa líder en la extracción y aleación de metales. Su dedicación y versatilidad le habían permitido ascender rápidamente en el escalafón junto con su jefe. Max era apreciado por su sentido común y su minuciosidad.

Se había especializado gradualmente en cuestiones de seguridad. Había ampliado su campo de acción a todas las formas de seguridad para garantizar que la minería no se convirtiera en una explotación de seres humanos y que se protegiera la salud de los trabajadores y de la población circundante.

En ese puesto, viajó por todo el mundo y, en particular, por África.

Max dominaba el sutil arte de viajar ligero. Era, lo que podríamos llamar, un viajero profesional de larga distancia, de esos vuelos que duran más de siete horas. En su maleta de mano con ruedas llevaba en un bolsillo de fácil acceso un par de calcetines de lana, tapones para los oídos y una máscara para los ojos. Había enseñado a su cuerpo a descansar cuando podía. Max era un hombre organizado, cuidadoso y muy previsible, lo que en su trabajo suponía una combinación de grandes cualidades.

Para llegar a las explotaciones mineras, tomaba carreteras que no utilizaba la gente corriente, escoltado por guardias armados pagados para garantizar la seguridad de los occidentales. Esa era la norma y él la aceptaba, aunque nunca había temido por su vida.

Otros se habrían tomado el tiempo de visitar esas tierras lejanas. Pero Max no tenía esa vocación. Cumplía su misión y regresaba a París, sólo para marcharse a la semana siguiente y dormir de nuevo en un hotel de negocios con habitaciones limpias e impersonales.

Así que su piso, su decoración, todo eso le resultaba ajeno.

De repente oyó:

—¿Max? ¿Max?

Era la señora Schmidt

—Tienes que concentrarte. Olvidé decírtelo. Tienes veinticuatro horas para elegir.

6

—Veinticuatro horas para elegir... ¿Existe el tiempo aquí?

—Para ti, no. Pero para nosotros, sí.

Max frunció el ceño. Aquel lugar no era amigo de la física.

—Por la noche, cuando estás vivo, durmiendo y soñando —dijo la señora Schmidt— pierdes la noción del tiempo, pero existe, ¿verdad?

Max asintió. No quería entrar en una discusión que ya le estaba cansando.

—Vale... Veinticuatro horas... ¿Y luego me convierto en calabaza?

La señora Schmidt no contestó inmediatamente. Le miró, llevándose el dedo a la boca.

Max era todo oídos. Ella empezó a acariciarse la parte inferior de la cara con una pequeña sonrisa que no inspiraba gran confianza a Max.

El recién llegado comenzó a inquietarse. Sus manos empezaron a sudar.

—Entonces... ¿me muero? —balbuceó.

—Ya estás muerto.

—Es decir: morir de verdad. Sin la perspectiva de la reencarnación.

—Casi...

—¿Qué significa eso?

—El servicio de clasificación te asignará un género.

—¿Asignarme un género?

—Sí, te colocarán donde haya sitio. A veces esto es sensato. A veces no lo es.

—¿Y dónde hay sitio?

—En la poesía, por ejemplo. Puede ser maravilloso para quienes les guste, pero hay menos autores que en el siglo XVII. Por no hablar de los editores que nos han abandonado. Los afortunados están expuestos en el metro.

Max apoyó el codo en el escritorio. La cabeza le pesaba demasiado. Se le cayó en la mano. La señora Schmidt, enfrente, permanecía impasible, perfectamente arreglada.

No se atrevía a confesarle que no recordaba el último libro que había leído. Ya ni siquiera hojeaba las guías. Era Julie quien había organizado sus vacaciones en Tailandia. En cualquier caso, no se le daba bien elegir. A ella tampoco, pero como quería irse lejos, para «cambiar de aires», se dedicó a ello. Se pasó horas hojeando folletos, buscando el lugar perfecto, pidiendo opinión a todo el mundo.

—Sé por experiencia, Max, que las personas indecisas lo son a menudo porque tienen dificultades para recordar su pasado literario. A veces, incluso son capaces de decir que no recuerdan la última novela que leyeron. ¿Te lo imaginas?

Sus ojos brillantes preocuparon a Max. ¿Podían los muertos leer los pensamientos de otros muertos? Si era así, ¿por qué no podía leer los de la señora Schmidt?

—Sugiero, Max, que empecemos por el principio y no por el final. ¿Estás de acuerdo?

Max hizo una mueca y se encogió de hombros.

—¿El principio?

—Tu primer libro en lugar del último...

Exhaló un largo suspiro. Max podía sentir la exasperación de la profesora.

—Entonces... Max, ¿cuál es tu primer recuerdo sobre la lectura?

Max hinchó las mejillas como un niño de tres años e hizo un sonido que parecía decir: «No tengo ni idea».

—¿Quizá tus padres te contaron historias? ¿Leyendas? ¿Cuentos? —preguntó la señora Schmidt.

—No lo sé. Lo he olvidado.

—Tendrás que esforzarte más. Hasta ahora no quería asustarte. Pero también puedes acabar siendo parte de una broma.

—¿Un artículo de broma? —se rio.

—¡La farsa! El género literario. ¡Estaba en el plan de estudios de tercero de ESO!

La señora Schmidt acababa de enviar a Max a su asiento. El de la cuarta fila a la izquierda, en el lado de la ventana. Y ella, en su sitio, en la tarima frente a la pizarra. Él intentaba escucharla, pero siempre había un pájaro, una nube o Lionel para distraerle.

7

Max volvió a ver la clase en la que trabajaba la señora Schmidt con todo detalle.

Desde su asiento no siempre podía ver la pizarra con claridad. Pero podía mirar a la señora Schmidt sin que ella se diera cuenta. Ella era su mejor recuerdo de la escuela. Sus rasgos finos, su chaqueta entallada, su camisa de seda ligeramente entreabierta, desde la que podía ver sus pechos. Para un niño de catorce años era una visión de lo más fascinante. Por la noche, en su cama, cerraba los ojos y olía su perfume, mezclado con la tiza.

La elegancia de la señora Schmidt se veía realzada por su pasión por la lengua francesa. Esta mujer vivía su asignatura. Más que nada, sabía cómo apasionarles. La señora Schmidt dio a la gramática y a la conjugación una vitalidad inesperada. Hizo dialogar la literatura con la pintura, la música y el cine. Era la directora de su orquesta: la que transmite su visión de la obra respetando al mismo tiempo la partitura impuesta.

Un día trajo un reproductor de casetes y lo posó sobre su mesa sin decir nada. Veinticinco pares de ojos la interrogaron. Había insertado un casete, pulsado «play», y la voz de Jacques Brel resonó en el aula.

Madre mía, ha llegado el momento
De ir a rezar por mi salvación
Mathilde ha regresado [...].

«Eso es la pasión» —había proclamado como un pirata a bordo de su bajel—. «Sentid el poder de las palabras. Brel es poesía puesta en música».

Los veinticinco alumnos habían salido de la clase temblando.

En su escuela sólo para chicos, la única profesora llamaba la atención tanto de los alumnos prepúberes como de los profesores frustrados. Pero ese día, ella había logrado el santo grial. Les había permitido combinar su deseo físico, más bien mecánico, con una excitación intelectual inédita.

La señora Schmidt le sacó de sus pensamientos.

—Max, ¿te suena de algo la farsa?

—No, no me suena.

—Es una comedia corta en verso que apareció a finales del siglo XIV. También debo decirte que ningún autor la utiliza. Sólo los viejos profesores como yo le cogen cariño —se rio.

La farsa, obviamente, era un tema difícil de tomar en serio, incluso para ella.

—Aquí están buscando buenas almas para llenar los huecos —dijo, moviendo el dedo índice hacia su antiguo alumno—. Así que ten cuidado, mi querido Max... Dado tu interés por los géneros sofisticados, la espera podría ser larga para ti.

Max respiró larga y suavemente. Cerró los ojos. Era el momento de concentrarse. Su primera experiencia de lectura, ¿dónde podía estar? Tenía que remontarse a su infancia, a los años setenta.

8

En primer lugar, recordó el dormitorio de su infancia. Allí estaba aquel papel pintado con los rombos naranjas, del mismo color que la mesa de formica de la cocina, o la lámpara sobre el arcón del vestíbulo. En aquella época, el naranja compartía protagonismo con el amarillo y el marrón.

Su pequeña cama de madera había pertenecido a su madre. Su abuela había hecho la colcha de ganchillo. Le gustaba pasar los dedos por las puntadas. La almohada de Max era un enorme perro rojo de peluche que su tío le había regalado en la feria. Su madre decía que era antihigiénico, pero a él no le importaba. Y su padre le apoyó: «No vamos a convertirle en un pelele. Si no puede luchar contra los gérmenes, ¿cómo va a luchar contra los idiotas?».

Su padre solía toparse con idiotas a diario cuando iba a pintarles la casa. Los que pensaban que el verde oscuro era demasiado oscuro y el marfil no lo bastante blanco. Los que lamentaban que oliera a pintura después de su paso. «En este mundo hay débiles y hay fuertes. Quienes te digan lo contrario te están mintiendo». Eso es lo que solía decirle a Max cuando estaba aquí. Y era extraño.

Con los ojos cerrados, Max se paseaba virtualmente por su habitación, como un director en medio del rodaje de una película. Su cochecito de ratán le servía para todo: llevar su tren eléctrico, esconder sus canicas, pasear a Vanille, su pequeña gata atigrada. En el suelo, junto a su caja de juguetes, podía ver un libro. Tuvo que ampliarlo mentalmente para leer el título.

—¡*Donde viven los monstruos*! —gritó.

La señora Schmidt se sobresaltó. Sospechó que se había quedado adormilada. Quizá no era tan joven como parecía.

—Perfecto, muy buena elección. ¿Lo recuerdas?

—Es la historia de Max. Tiene mi nombre...

La señora Schmidt sonrió.

—La identificación con el personaje es esencial. Tener el mismo nombre ayuda. Pero también lo hace la personalidad del personaje, el tipo de aventura a la que se enfrenta. ¿Recuerdas lo que les ocurrió a Max y a los monstruos?

—Vagamente. Max es enviado a su habitación sin cenar porque ha cometido una estupidez. Acaba en la selva con los monstruos. Se va de fiesta con ellos. Pero echa de menos su hogar. Cuando regresa, encuentra un plato de comida caliente esperándole.

—¿Qué sientes cuando piensas en ello?

—Vuelvo a ver los colores del libro. Y la ira de Max... Y el amor de su madre. Ella le cocina aunque esté castigado...

—El castigo no impide que la madre ame a su hijo. Es una bonita moraleja —afirmó con una leve sonrisa.

—Supongo que sí. De niño veía las cosas de otra manera... Quería entregar a mi hermano pequeño a los monstruos y quedarme yo solo con mi madre.

Max acababa de hablar como un niño de cinco años. No parecía darse cuenta de ello. Era habitual que los recién llegados revivieran su experiencia literaria incorporando sus sentimientos de entonces.

—¡Perfecto! La rivalidad entre hermanos te dice algo.

Max tenía tres años cuando nació su hermano, Benjamin. Recordaba haberse preguntado si aquel bebé de la clínica era realmente humano. Sólo la peor clase de monstruos podía gritar tan fuerte, día y noche.

Ben ocupaba tanto espacio que no quedaba ninguno para Max. Esto no solo ocurría en su habitación, que tenía que compartir, sino también con la mesa de la cocina, donde Ben se extendía para hacer garabatos mientras Max hacía los deberes.

Lo mismo ocurría con la atención que les prestaba su madre.

Max ya sabía leer antes de entrar en primaria, lo que no conmovió a nadie en aquel momento. Hay que decir que todos estaban demasiado ocupados con Ben, el niño que nunca dormía y que gritaba sin parar.

Un día, Max había escuchado a escondidas una conversación entre su madre y su tía. Debía de tener cuatro o cinco años.

Frente al fregadero de la cocina, su madre estaba de espaldas a él, con la cuerda del delantal atada a la cintura.

Las dos hermanas eran exactamente iguales, salvo que la más joven, tía de Max, llevaba el pelo castaño hasta los hombros mientras que su madre había optado por un corte más corto.

La madre de Max pelaba zanahorias mientras su hermana cocinaba la carne vuelta y vuelta para el estofado de ternera.

A Max le encantaba el olor de la mantequilla, que volvía a la olla. Habría pedido mojar un trozo de pan en ella, si no hubiera oído el tono desesperado de su madre:

—Ben me agota. Tengo que quedarme con él para que se duerma. Esto dura horas. Se despierta al menos dos veces cada noche... A los tres meses, Max dormía toda la noche. ¿Por qué él no?

—Cada niño es diferente.

—Sí, ¡pero esto es demasiado! No sé cómo manejarlo. No debo de ser una buena madre.

Max podía oír los sollozos en la voz de su madre. Culpaba a su hermano a muerte.

—¡Déjate de tonterías! Lo estás haciendo muy bien. Todos los niños pasan por fases. ¡Quizá Max sea un terror de adolescente!

—No hables de desgracias —dijo su madre, dando un ligero codazo a su hermana.

Max nunca fue un adolescente difícil. Jamás se habría permitido serlo. Jamás había hecho llorar a su madre.

Ben, en cambio, se quedaba dormido de camino al colegio. El diagnóstico estaba claro: era un niño que necesitaba hacer ejercicio. Max tenía otro: era un mega-archi-maxi-monstruo.

El recuerdo de Ben casi habría hecho olvidar a Max dónde estaba, de no haber oído la voz de la señora Schmidt:

—Así que los monstruos son tu primer recuerdo. ¿Tienes algún otro?

9

Max volvió a concentrarse. Esta vez se vio a sí mismo en el salón. Estaba tumbado en el sofá con grandes flores verdes y amarillas. Estaba acurrucado junto a su madre. Podía oír los latidos de su corazón. Olía a caldo de pollo. A Max le encantaba con pasta. Eso pasaba cuando estaba enfermo.

—*Los Tres Cerditos*. Mi madre solía leérmelo.

—Bien hecho, Max. Has entendido bien nuestro planteamiento. Deja que vuelvan los recuerdos, ellos te guiarán.

Max frunció el ceño. No entendía adónde quería llegar. La señora Schmidt debería tener los pies en la tierra.

—¿Te leyó otras historias?

—Sólo me interesaba esta. Decía «cerditos» y mamá me la leía.

—Los padres son muy pacientes cuando se trata de sus hijos.

—Totalmente de acuerdo. ¡Mi hermano solo quería la historia del *Gato con Botas*! Es curioso... Siempre le gustaron las cosas bonitas. Su mujer es una princesa.

—¿A ti también te gustan las cosas bonitas?

—No me interesan las cosas. Me interesan las personas. Las mantengo a salvo.

—Como los tres cerditos...

—Salvo que éramos dos.

La señora Schmidt se había pasado la mano por el pelo para acomodarse un mechón detrás de la oreja. La madre de Max hacía lo mismo cuando consideraba que era mejor cambiar de tema.

Max había perdido a su madre cuando tenía veinte años. Ella y su dulzura se habían evaporado.

Cuando él se sentía mal, ella tenía la costumbre de cogerle la mano y acariciarle la palma con la punta de los dedos.

Cuando discutía con su hermano, solo con su mirada les hacía entrar en razón.

Ya mayores, él y Ben ya no discutían. Tampoco se hablaban mucho. Se cruzaban mensajes en Navidad por respeto a la tradición y a su padre.

Max veía a su padre una o dos veces al año. Tampoco le llamaba mucho. Sobre todo en los cumpleaños. Max no estaba enfadado con él. Simplemente no tenían mucho que decirse.

Su madre era el pegamento de la familia. Desde su muerte, su padre había trabajado aún más. Había asumido todos los trabajos, gastando en ellos sus fines de semana y su salud. Tenía dificultades para mantenerse erguido. Se ofendía si alguien intentaba señalárselo o, peor aún, si alguien le daba consejos. Las palabras «vacaciones» y «médico» estaban prohibidas en su vocabulario.

La pasada Nochevieja, ese hombre habitualmente silencioso se abrió a todos gracias a un aguardiente de pera encontrado en la bodega del abuelo. Con cuarenta años, el preciado néctar había conservado todos sus aromas y su alcohol.

—Sinceramente, Max, ¿no estás harto de tu jaula para conejos? —le había preguntado su padre.

—Nuestro piso no es tan pequeño para París —respondió Julie, que acababa de unirse a la familia.

—Para París quizá no. Pero menuda idea la de vivir hacinados. Y además lo tenéis alquilado. Toda esa pasta tirada por la ventana cada mes.

El hombre calvo fijó su mirada en el cielo.

—Comprar en París es complicado, papá.

—Ven a vivir aquí de nuevo. Está en venta la casa de la abuela Paulot. Estarás bien allí.

—Papá, aquí no hay trabajo para mí. Todas las grandes empresas que contratan ingenieros como yo están en París. Y además, es más fácil para viajar.

—Tu madre y yo no hemos «viajado» demasiado, pero cuando hicimos aquel crucero a Grecia lo disfrutamos mucho. Realmente no recuerdo los nombres, pero...

—El Partenón de Atenas seguramente, papá.

—¿Lo has visto?

—No, no voy a Grecia. Voy sobre todo a África. Pero en realidad no tengo tiempo para visitarla de todos modos. Cuando viajo, mi tiempo está cronometrado. Voy a reuniones, leo documentos, doy mi opinión. Y luego me voy.

—Tantos años de llenarse la cabeza con todos esos libros para acabar siendo un chupatintas.

Julie cogió la mano de Max y la apretó con fuerza.

Max no la miró. Podía ver que su padre había bebido demasiado, lo que no era propio de él.

Max no tenía energía para explicar a su padre la realidad de su trabajo, su interés, las dificultades que tenía.

En realidad nadie entendía muy bien lo que hacía. Ni él tampoco, a veces. A medida que pasaba el tiempo, su trabajo consistía cada vez más en preparar informes basados en otros informes, luego hacer una síntesis de esos informes y, por último, presentaciones de esas síntesis. Cada vez iba menos a las minas. Y sin embargo, aún se le pedía que viajara a comprobar sobre el terreno que los formularios estaban debidamente firmados, que los trabajadores conocían las normas. ¿Las aplicaban realmente? Esa era otra historia.

Max se guardó sus comentarios.

—Debo de ser demasiado viejo o demasiado estúpido —retomó su padre—. Llevo toda la vida pintando casas, pero me he ganado la vida honradamente, haciendo un trabajo útil. He sido un buen marido y un buen padre. Os he dado una educación y la mejor universidad de la ciudad, ¿verdad, chicos?

Ambos hermanos asintieron. Julie lanzó a Max una mirada dubitativa. Max le sonrió, avergonzado. No entendía adónde quería llegar su padre.

—Tu hermano, que es más joven, vende BMW, coches alemanes, ¿te imaginas?

Max pudo ver en los ojos de su padre el orgullo que sentía por su hermano, el niño prodigio con un certificado de técnico comercial.

Julie no tuvo el mismo tipo de dificultades en su familia. En casa le reprochaban, incluso hoy, no haber estudiado Medicina. La odontología no estaba tan bien. Con un padre cirujano y una madre pediatra, el listón estaba muy alto. Max, en cambio, no estaba ni mucho menos en condiciones de compararse.

A pesar de sus títulos, nunca había podido competir con su hermano. Tras su fase de bebé insomne, Ben se había convertido en un niño encantador. Sus risueños ojos azules y sus buenos mofletes le hacían irresistible. Profesores, amigos del colegio, tíos, abuelos, todos estaban encantados.

Max, en cambio, era un chico alto, enfermizo y de aspecto torpe, cuya tez pálida hacía olvidar sus grandes ojos verdes.

Max había querido creer que se debía a que Ben era el más pequeño y que a medida que creciera el desequilibrio se desvanecería. Pero Ben seguía siendo siempre el más joven y el más guapo, y su aura crecía con el tiempo. Y también lo hicieron las injusticias entre ellos.

Como aquel domingo de enero en el que nevó tanto. Ben debía de tener ocho años. Habían ido a montar en trineo al parque que había junto a casa.

—No, por ahí no. ¡Es el río, Ben! —gritó Max.
—Está lo suficientemente congelado como para que pase.
—¡Estás enfermo! Acabarás en el agua.
—¡No seas gallina, hermano!
—Te advierto...

Max no tuvo tiempo de ir más allá con su advertencia. Su hermano había despegado como una flecha, gritando «¡co, co, co!». El fino hielo había cedido bajo su peso. Ben había caído desgraciadamente en el agua.

Max había corrido gritando: «¡Ben, Ben!».

Ben estaba un poco aturdido por la violencia de la caída, congelándose.

Max tuvo que mojarse para ir a buscarlo. Había llevado a su hermano a la espalda mientras tiraba del trineo, que pesaba una tonelada. El viaje a través de la nieve hasta su casa le pareció eterno.

Cuando llegaron a casa, su madre gritó. Su padre, que descansaba en su sillón, se había ido corriendo a la entrada.

Max había dejado a su hermano en el pasillo. Estaba tan agotado por la caminata que casi se desmaya.

—Dios mío, ¡estás empapado! —había gritado su madre mientras le quitaba los pantalones a Ben en el pasillo.
—Pero, ¿qué ha pasado? —encadenó su padre.
—Es Ben... —había empezado a explicar Max.
—Estoy muy decepcionada —dijo su madre, sin darle tiempo para terminar la frase—. Se suponía que tenías que cuidar de tu hermano pequeño. Ben a su edad no se da cuenta, pero tú, Max, conoces los riesgos...
—Pero mamá, le dije a Ben que... —lo intentó de nuevo.
—Mamá, tengo frío —se estremeció Ben, y resopló.
—Por supuesto, querido, ¡ve rápido a la ducha!

Su padre le había confiscado el trineo. La madre de Max había hecho algo peor: apenas le había dirigido la palabra en todo el día.

A lo largo de su etapa escolar, las mismas causas habían producido los mismos efectos. Max era un estudiante excelente, lo que se consideraba «normal porque le era fácil». En cambio, cada año sus padres se preguntaban si Ben pasaría de curso. «Le cuesta mucho aprender de memoria», decía su madre. Su padre no le daba demasiada importancia. Nunca se les ocurrió pensar que su hijo fuera un vago y que la inesperada subida de sus notas cada tercer trimestre estuviera motivada únicamente por su deseo de no separarse de sus amigos.

Por eso, cuando su padre elogió a su hermano, fue como si hiciera crujir la tiza sobre una pizarra. Todo el cuerpo de Max se puso en alerta. Sus músculos se tensaron, su respiración se hizo más corta.

—Su hermano se casó y tiene hijos. Por no hablar de que se compró su propia casa. Tú, con más de treinta años, te pasas la vida en aviones, de alquiler, sin casarte... No te lo tomes a mal —le dijo a Julie.

Julie buscaba a Max con la mirada. Este miraba fijamente su plato, con la mandíbula apretada.

—Y sin un niño... —añadió, rematando a Julie—. La verdad es que no le veo sentido.

Lo que Max había oído era «para qué sirves».

Julie se puso en pie de golpe y comenzó a recoger los platos. La distracción funcionó, e incluso su hermano y su cuñada le siguieron el juego.

Si su madre hubiera estado allí, todo habría sido diferente. Ella habría impedido que su padre bebiera demasiado. Ella le habría preguntado a Julie por su familia, por su trabajo como dentista. Le habría enseñado fotos de Max cuando era pequeño. Le habría hecho cumplidos sobre su ropa y su pelo.

Todo habría sido diferente, salvo que siempre se habría sentido miserable comparado con su hermano.

Max sintió una mano sobre la suya. Se sobresaltó. Era la señora Schmidt. El calor le recordó dónde estaba. También su soledad.

Esa mano podría haber sido la de su madre. Y de repente, Max tuvo una idea que le pareció fantástica.

habría sido muy inoportuno, salvo que alguno se hubiera
vuelto insensible a lo que le ocurría al personaje.

Más aún: una marginalidad le amplió la expresión, dio la
ocasión de hacer...
valentía.

Se puede decir...que sin embargo de tal...de reponer,
Más eficaz...decisión...para ti mismo.........

10

—¿Podemos encontrar a nuestros familiares? ¿Podemos averiguar qué género eligieron ellos? ¿Podríamos inspirarnos en el mismo autor? —dijo Max de un tirón.

—No, está estrictamente prohibido. ¿Te imaginas el lío que supondría? La gente elegiría en función de otros fallecidos, pasados o futuros, sin preocuparse de sí mismos, de lo que pueden inspirar.

Todo aquello no tenía sentido. Morir era una pérdida de tiempo. ¡Era oficial!

—La gente se pasa la vida tomando decisiones en función de los demás. ¿Por qué debería ser diferente cuando has muerto?

—Aquí tienes la oportunidad de liberarte de eso. Algunas personas consiguen hacerlo durante su vida. Pero son pocas...

—¿Como los sociópatas? —dijo Max en tono burlón.

—Por ejemplo... O personas muy sabias, como Buda.

Max puso los ojos en blanco. ¿Buda? ¿El que meditaba bajo su árbol? ¿No tenía ejemplos más creíbles?

—Lo importante es que por fin tienes la oportunidad de ser tú mismo.

—En especial, la oportunidad de estar solo.

La señora Schmidt apoyó el codo en la mesa y apretó la parte inferior de la cara contra la mano.

—El autor que se inspira en ti puede inspirarse en tus recuerdos —dijo la señora Schmidt para infundirle esperanzas—. No hay reglas fijas en este asunto. Confía en ti mismo y todo irá bien.

Los ojos de Max se llenaron de lágrimas. Apartó la mirada.

—Vamos a tomar el aire —sugirió ella—. He oído que las empresas celebran reuniones en las que la gente habla entre sí mientras camina. ¡Hagamos nosotros lo mismo!

Max la miró asombrado.

—Sí, mi querido Max, estoy al tanto de las últimas tendencias. Los autores se inspiran en el mundo que les rodea. La ficción nos enseña todo lo que necesitamos saber sobre el mundo contemporáneo. Costumbres, nuevas tecnologías, ideales, negocios, relaciones...

Cuando salieron de la oficina, Max tuvo la extraña sensación de que el pasillo había cambiado de aspecto. Eran la misma pintura blanca, las mismas baldosas descoloridas, pero algo en el aire le decía a Max que el lugar había cambiado. Tal vez fueran esas rejas en las paredes en las que no había reparado cuando llegó, o el embriagador olor a lejía.

—Señora Schmidt, ¿seguimos en el mismo sitio?

—Ha cambiado para ti, ¿verdad?

Max asintió tímidamente.

—Sucede —le tranquilizó— porque este lugar existe en la forma que tu mente ha creado.

Ante la mirada perpleja de Max, la señora Schmidt explicó:

—Las almas no viven en lugares que existan físicamente... de verdad. Evolucionamos entre almas en dimensiones que producimos. Es más tranquilizador para nosotros. Nos recuerda la vida que teníamos cuando estábamos en el mundo físico. Algunas personas ven siempre el mismo lugar en cuanto llegan. Otras no.

—¿Dónde cree que estamos?

—Para mí, es la casa de mis abuelos en Córcega. Representa mi infancia, el sol, la alegría. Y tú, ¿qué ves?

—Mi colegio... Nuestro colegio... Y ahora un hospital.

—El escenario de tu adolescencia y el último lugar donde estuviste vivo. Es normal. Se debe al accidente. Encontrarás el que mejor se adapte a ti, ¡no te preocupes!

De pie en ese pasillo, Max estaba seguro de una cosa: aquel lugar no le gustaba. El olor a lejía siempre le había repugnado. Para él era el olor de la muerte.

—¿Si usted está en una casa y yo en un hospital, no estamos realmente juntos? —preguntó Max, todavía aturdido por esa nueva información.

—Juntas, nuestras almas están en sintonía. De ahí que nos encontremos en lugares y tiempos similares. Quizá veas un sillón de cuero donde yo veré uno con tela de flores, pero eso no importa.

Max miró a su alrededor: los cuadros derruidos, las ventanas desvencijadas... El paisaje era desolador.

¿Y ella qué veía? ¿Tapices de Aubusson? ¿Columnas romanas? ¿Suelos de parqué encerado? ¿Tejas en hilera?

—Pongamos otro ejemplo... ¿Qué aspecto tenía tu taza de café hace un momento?

—¡Banal!

—¡Qué precisión! Había olvidado tu mente sintética. Aquí nos gusta tener un mínimo de detalles.

—Siento decepcionarla. Era una taza de café corriente, blanca, maciza, sin ninguna característica particular, típica de las *brasseries* parisinas.

—¡Mucho mejor, Max!

Max odiaba esa sensación de ser puesto a prueba. Ya lo había hecho durante su vida y le parecía inapropiado que le pusieran a prueba de ese modo cuando acababa de morir.

—Tomé mi té en una taza de porcelana blanca muy fina, con un borde dorado. Eso no impidió que compartiéramos el mismo momento.

—Bebíamos al mismo tiempo, pero no era el mismo tiempo porque cada uno tenía su propia realidad —dijo, molesto.

—¿No es siempre así, mi querido Max, incluso entre los vivos? ¿No vivimos todos nuestra propia realidad, en nuestro propio entorno?

La señora Schmidt le molestaba con su aire de profesora de Filosofía. Siempre había odiado esa asignatura y sus enrevesadas afirmaciones: ¿ser libre es hacer lo que uno quiere? ¿Es suficiente para ser uno mismo ser diferente con respecto a los demás? En el bachillerato tuvo que trabajar sobre «¿Es filosofar aprender a morir?». Había hecho acopio de todos los conocimientos que había ingerido la semana anterior. Acabó con un seis. Una nota honorable que, sin embargo, había rebajado ligeramente su media general.

Esa idea de que todo el mundo podría vivir en una realidad diferente deprimió a Max.

De niño, le había preguntado a su madre si el cielo era igual de azul para ella que para él. Ella le había respondido que sí, por supuesto. Pero, ¿cómo podía estar seguro de que el «azul» de ella, de que la palabra «azul» que utilizaba, era el mismo azul? ¿Y si el azul de su madre era en realidad su verde?

Le hubiera gustado poder entrar en la cabeza de su madre para comprobar a través de sus ojos los colores que percibía.

Esta pregunta le había perseguido durante toda su infancia. Quizá su mundo no era como el de los que le rodeaban, y no tenía forma de saberlo con certeza.

Había dejado de hablar de su problema con el color después de oír a su madre preocuparse por su «estado mental». Era demasiado joven para comprender las implicaciones, pero los susurros de sus padres sobre el tema le llevaron a guardar silencio para siempre.

Max se sintió drenado de toda energía.

¿Los muertos podían tener dolores de cabeza? Sentía dolores de cabeza similares a los que había experimentado en un avión, sobre todo durante el despegue. Esa sensación de estar pegado a su asiento sin poder moverse, de ser el juego de fuerzas que no puede controlar.

La señora Schmidt le echó un vistazo desde la esquina. Ese día con Max iba a ser complicado.

—Dejemos de filosofar, Max. ¡Cambiemos de ideas!

La señora Schmidt condujo a Max a un ascensor que estaba enfrente de las escaleras por las que había subido.

11

Se encontraron en el patio de su antigua escuela. Plátanos plantados simétricamente dividían en zonas el asfalto. Max podía oír ambulancias a lo lejos. Esa maldita yuxtaposición de su vida tardía y su adolescencia le daba vértigo.

—Necesito sentarme —dijo.

Se sentaron en un desvencijado banco de madera. Ella le puso la mano en la rodilla.

—No deberías sentir lástima de ti mismo... Es normal en los recién fallecidos. Pero no tienes tiempo para eso.

Max colocó su mano sobre la suya. Necesitaba sentir el calor, la humanidad que emanaba de la señora Schmidt.

Ella miraba hacia otro lado. Se sintió privilegiado por tenerla sólo para él. Ya había ocurrido una vez. Un sábado, cuando le tocó ayudar a ordenar el aula durante la jornada de puertas abiertas.

No había pegado ojo en toda la noche. Y su madre no pudo evitar traicionarlo en la reunión de padres y profesores: «Max te quiere. El día que se enteró de que era el afortunado, volvió a casa como loco. No creo que hubiera sido más feliz con una moto».

La cara de Max había pasado de escarlata a blanco lívido. Su corazón se aceleró.

Se había enfadado mucho con su madre.

Su maestra había sonreído. Tan solo eso. Y luego había sacado su trabajo trimestral y lo había comentado.

La señora Schmidt del más allá no le dio tiempo a Max a evocar todos sus recuerdos comunes: a rememorar el pesado diccionario Larousse, el bote de lápices sobre el escritorio de madera, la cronología de la literatura francesa sobre la pizarra, el Bescherelle[1] sobre los pupitres.

—¡Vamos, Max!

Él la siguió, dócil.

Caminaron hacia una multitud que se había congregado frente al hangar de un aeródromo. Detrás de grandes aberturas correderas se podían oír las aspas de los helicópteros y los motores girando. Mujeres y hombres, en su mayoría de entre cuarenta y sesenta años, hacían cola para entrar. Algunos llevaban gafas oscuras y gorras. Otros llevaban trajes o vestidos de noche.

—¿Qué ocurre? —preguntó Max.

—Son aspirantes a espías... Fans de James Bond.

—Pero es el personaje de una película, ¿no?

—Como muchos personajes literarios, James Bond ha sido utilizado en el cine. Pero fue un escritor, Ian Fleming, quien lo creó.

—He leído sobre él, me parece.

—Las películas birlan personajes de la literatura sin que nos demos cuenta.

---

1 Libro de gramática del idioma francés. Su nombre rinde tributo al lexicógrafo y gramático francés Louis-Nicolas Bescherelle.

A Max le gustaba cuando la señora Schmidt utilizaba palabras anticuadas como «birlar». Nadie en su entorno hablaba como ella.

—El propio Ian Fleming fue un espía —continuó Schmidt.

—Así que no necesitaba a los muertos para inspirarse —respondió Max, orgulloso de su comentario.

La señora Schmidt sonrió. Se volvió hacia él.

—Un escritor nunca se inspira en sí mismo o en sus allegados, incluso cuando cree que sí. Los personajes son, en esencia, construcciones mentales. Y los muertos siempre tienen un papel que desempeñar.

Max se encogió de hombros. Odiaba la forma en que ella respondía a todas sus objeciones.

Continuaron caminando. Max podía oír sus pasos rozando la grava del callejón. Esto le incomodó. Tuvo que romper el silencio.

—Una vez leí un libro de espías... John Le Carré, ¿es posible?

—Sí. ¿Cuál?

—No me acuerdo. La historia tenía lugar durante la Guerra Fría...

—Como suele ocurrir con Le Carré... —suspiró.

Ella arqueó el torso y se volvió hacia él, retomando su mejor sonrisa.

—Vas por buen camino, Max. Has tenido un recuerdo literario espontáneo.

Max parecía escéptico.

—Significa que has estado pensando en un libro que has leído por tu cuenta —afirmó Schmidt—. En la «vida real» ocurre con regularidad que una situación resuena con una antigua lectura. Dependiendo de la persona, esto ocurre más o menos a menudo.

Lo que le había ocurrido desde su llegada era que estaba abrumado por recuerdos de su vida, por escenas de su pasado, algunas de las cuales parecían resurgir de la nada. No podía decirse que estuviera acosado por reminiscencias literarias.

—¿Así que te gustaba Le Carré? —insistió la señora Schmidt.

—Moderadamente. En realidad no me gusta la ficción relacionada con la historia o la política. O es verdad y no es una novela, o no es verdad y no tiene sentido fingir que lo es. Es mejor suponerlo. ¿No estás de acuerdo?

—Mi opinión no importa. Pero es importante que lo sepas... Así ya puedes descartar las distopías.

—¿Dis-qué?

—Una distopía es una historia de ficción que describe una sociedad imaginaria oscura y, a menudo, totalitaria. Es lo contrario de una utopía, que representa una realidad idealizada.

Max tenía la sensación de que las palabras que utilizaba la señora Schmidt eran evasivas. Chocaban con él, como el mirlo que había caído derribado en el cristal de su aula. Fue durante una clase de francés. El gran Jules estaba en la pizarra corrigiendo un ejercicio de conjugación. Les había pedido a todos que repitieran a coro: «El imperfecto de subjuntivo se utiliza en una cláusula subordinada para indicar la simultaneidad o posterioridad de una acción en relación con la acción de la cláusula principal, cuando esta última está en pasado». Si aún recordaba esta frase, su significado le parecía tan inaccesible como un conjuro pronunciado por un druida en un bosque celta. Cuando un pájaro se golpeó contra la ventana, Max también se había sentido aturdido. Era como si él y el mirlo se hubieran convertido en uno. Su visión se había vuelto borrosa. Se había visto a sí mismo desfallecer. Y cuando sonó el timbre, tardó unos instantes en levantarse. Había sido el último en marcharse.

La señora Schmidt le devolvió al momento presente. No necesitó una campana, simplemente tuvo que chocar el pulgar contra el dedo corazón.

Max se estremeció. Fatiga tal vez (si es que tal cosa existía allí). Ella le llamó la atención y continuó con su exposición:

—En una distopía, el protagonista lucha por recuperar su libertad. Como ocurre con las novelas fantásticas, ¡Hollywood es fan!

Max asintió mecánicamente.

—*1984* de George Orwell, ¿te suena? Estaba en el programa de bachillerato. Yo ya no era tu profesora, pero seguías siendo alumno.

Max se ruborizó. Era como si tuviera amnesia. Podría haber hibernado durante los últimos veinte años y no habría sido más ignorante. Lo único que le relajaba era escuchar la radio, leer *L'Équipe* o ver algún deporte en la televisión. Su preferencia era el esquí alpino, la blancura de las vías le hipnotizaba. Desde que se pasaba el día estudiando expedientes y redactando informes se había vuelto alérgico a todo lo escrito y, por asociación, a la cultura en general.

Pero antes... Mucho antes había pasado tiempo en la biblioteca, e incluso en museos. Recordaba poco o nada de aquello.

La memoria de la señora Schmidt, en cambio, era impecable. Seguía siendo un pozo de conocimientos. Incluso en la muerte, la injusticia manda.

—*1984* muestra una sociedad en la que todo el mundo está vigilado... ¿Te suena el personaje Gran Hermano?

—Por supuesto —exclamó Max, sorprendido por su propia capacidad de reacción—. La empresa de vigilancia. Cámaras por todas partes.

—Sí... La expresión se ha colado en nuestra vida cotidiana. La mayor victoria de un autor. Pero es un libro muy oscuro. Como *Fahrenheit 451*, de Ray Bradbury. Una sociedad futura en la que se queman libros.

—¡No les gustaría demasiado aquí!

La ironía de Max era palpable. Y la señora Schmidt respondió con severidad:

—Destruir libros significa rechazar la memoria, la evasión. Va en contra de nuestro trabajo, el de los ancianos vivos.

Esta afirmación exaltada se parecía tanto a las suyas... Max la admiraba por ello.

Continuaron paseando por el patio. La señora Schmidt necesitaba que Max se sintiera más implicado en la situación. Caminaron por el antiguo comedor, o al menos el que Max concebía como tal.

Le mostró la entrada de un edificio aislado. Aquella vieja fábrica en desuso habría sido el escenario perfecto para una serie policíaca americana. El lugar ideal para un encuentro ilícito, oculto a la vista, junto al río Hudson.

—¡Max, entra! Pero no cierres luego la puerta —le advirtió la señora Schmidt—. Te sería imposible salir.

Obedeció, dócil pero preocupado.

12

Max abrió la pesada puerta de metal con cuidado de que ésta no se cerrara.

Una fuerte corriente de aire casi le hizo perder el equilibrio. No estaba dentro de la fábrica. Estaba en una calle. O, más bien, en una ciudad. Quizá en lo que quedaba de ella.

El cielo estaba bajo. Los escombros cubrían el suelo. Restos de coches bloqueaban el camino. Volutas de polvo se levantaban para perderse. El olor a quemado, gasolina, plástico y podredumbre le hizo llevarse el antebrazo a la cara para taparse la nariz. Le escocían los ojos.

A lo lejos, rascacielos medio derruidos luchaban por mantenerse erguidos. Apenas podía distinguirlos, pero no era de noche. Un sol frío brillaba tras unas nubes negras y compactas. No había rastro de animales ni plantas.

Sin embargo, sintió una presencia, varias. Las sombras parecían acechar.

Una figura se acercó a él. Podía ser un humano, un zombi o cualquier otro ser malvado. Se puso rígido.

Sujetando la puerta con la mano derecha, retrocedió hasta el umbral. Ya a salvo, dejó que se cerrara de golpe.

En el patio, tardó unos minutos en recobrar el aliento, con las manos sobre las rodillas, encorvado como un atleta que acabase de correr una maratón.

El terror podía verse en sus ojos.

Cuando pudo articular algunas palabras, tartamudeó:

—¡Era un caos ahí dentro! El infierno...

—Más bien el apocalipsis. Historias del fin del mundo.

—El fin del mundo, ¡eso es lo que sentí! ¿Qué ha pasado? ¿Qué les ha pasado? ¿Es aquí donde envían a los indecisos al final de su jornada?

La señora Schmidt se rio a carcajadas.

—¡Muy gracioso, Max!

—Está claro que no ha entrado.

—Piénsalo otra vez. Para mí fue un tsunami que arrasó un pueblo entero. Yo solía leer muchas novelas japonesas.

—No veo la conexión...

—La cultura de los autores se refleja en su imaginación y en la de sus lectores. En el caso de los escritores japoneses, sus obras están impregnadas de la amenaza constante de tifones, terremotos y tsunamis.

—Además, han experimentado la destrucción nuclear.

—Así es, Max. El apocalipsis, el verdadero. Cada cultura tiene sus propios demonios.

—Nunca lo había pensado desde ese punto de vista.

Max directamente nunca había pensado en ello. Incluso en el avión, incluso cuando tenía *jet lag*, no veía ese tipo de películas.

—Hoy en día, la guerra y los meteoritos son menos populares. En su lugar está surgiendo una nueva tendencia en todas las culturas —desgranó su antigua profesora, que estaba ejerciendo como tal—. El calentamiento global y sus secuelas: inundaciones masivas, sequías mortales, incendios incontrolables, pandemias...

—Como minas que se derrumban, desprendimientos de tierra...

—Y la pregunta es siempre la misma: ¿es realmente debido a la «mala fortuna», como se suele decir?

Max se veía a sí mismo como un joven ingeniero al principio de su carrera. Un terremoto de 2,6 grados en la escala Richter había provocado un incendio subterráneo en una mina de oro de Sudáfrica. Se dijo que el fuego había comenzado en los cables eléctricos. Los conductos de agua y aire estaban dañados. De los aproximadamente cincuenta mineros, cinco pudieron llegar al refugio y ser rescatados; el resto murieron quemados o enterrados. Esa mina no pertenecía al grupo para el que trabajaba Max, pero las imágenes habían circulado. También lo habían hecho los rumores.

Las autoridades locales iniciaron una investigación. No tuvo éxito. La prensa habló de defectos de seguridad, de mala mano de obra y corrupción.

A medida que ascendía en rango, Max se comprometió a hacer todo lo posible para evitar una carnicería semejante.

—En mi opinión, querido Max, ya es hora de que los autores se den cuenta de que la mayor amenaza para el hombre es el propio hombre —concluyó la señora Schmidt.

—«El hombre es un lobo para el hombre» —dijo Max, orgulloso de su cita.

—Thomas Hobbes. ¡Buena referencia!

Max sonrió como un niño cuya madre acaba de hacer un cumplido a uno de sus garabatos.

—Dígame... ¿Hay lectores a los que les guste enfrentarse al fin del mundo?

—Muchos. Y cuando ocurre una catástrofe, el libro que mejor la anticipó se convierte enseguida en un *best seller.*

—No le veo sentido a leer novelas que describen un mundo aún peor cuando las cosas van mal. ¡Bienvenida la depresión!

—Para algunas personas es una forma de distanciarse de lo que están viviendo, de poner las cosas en perspectiva y también, de alguna manera, de sentir que controlan la situación.

—Si usted lo dice... ¿Pero hay realmente muertos que quieran pasearse por tales universos?

—Sí, aquellos que se sueñan a sí mismos como supervivientes, como salvadores de la humanidad, como el último hombre sobre la Tierra.

—Ese no seré yo —dijo Max, pateando ligeramente una piedra.

—¿Así que tú no eres una de esas personas que buscan el escalofrío, el terror?

—¡Lo odio! A Ben, mi hermano pequeño, le encantaba todo lo que diera miedo. Junto con sus amigos, adoraba ver *El resplandor.* Un hotel aislado en pleno invierno y un padre alcohólico poseído que quiere matar a su hijo. ¿La conoce?

Sólo hablar de ello hacía temblar a Max. Miró a su alrededor, como si el padre psicópata fuera a salir de la nada para cortarle el cuello.

—Sí, es de Stephen King, un maestro del género —dijo la señora Schmidt.

—Intenté leerla sin decírselo a Ben, pero me detuve antes del final —dijo tímidamente—. Se va a reír de mí... ¡Tuve pesadillas!

—¡Yo también! —bromeó—. Así que novela de espías, distopía, novela posapocalíptica, de terror, podemos descartarlas. Estamos progresando, mi querido Max.

—Siento que estoy retrocediendo.

—Es sólo una impresión. Todo es sólo una impresión —murmuró la señora Schmidt.

Continuaron su camino hacia un jardín verde. Max habría jurado que, justo un segundo antes, no estaba allí.

No estaba con ánimos de emocionarse pero, por primera vez desde su llegada, se encontraba en un lugar reconfortante.

13

Las rosas antiguas compartían espacio junto con otras plantas. Las malas hierbas tenían su lugar y participaban con geranios y lirios en la composición general. Mariposas naranjas, negras y púrpuras pasaban volando.

—Es increíble —dijo Max, respirando a pleno pulmón—. Este jardín inglés parece el de un *bed and breakfast*...

Por primera vez desde que llegó, parecía feliz.

—Fue en Bath, Inglaterra. Había llevado allí a Julie por su cumpleaños.

—Bath, me encanta —dijo entusiasmada la señora Schmidt—. Es una ciudad tan encantadora... Tan romántica. En todos los sentidos de la palabra. ¿Sabías que es la cuna de la literatura romántica?

—Claro que sí —dijo con orgullo—. Julie quería visitar el Museo Jane Austen...

—Jane Austen, ¡una delicia!

—También había una sección dedicada a la moda del siglo XVIII.

—Las mujeres y sus vestidos de inspiración antigua, los hombres y sus fracs...

Max se apartó para observar cómo iba vestida la señora Schmidt. Aún no había prestado atención. Su cerebro le jugaba malas pasadas. Era más lento que de costumbre a la hora de relacionar las cosas, las ideas, las épocas.

Llevaba un vestido griego de manga larga, cintura alta y color parma que le abrazaba el pecho. Su rostro, de aspecto moderno, contrastaba con el estilo clásico del vestido. Max examinó su propio atuendo: una levita negra, chaleco, botas de cuero y pantalones de terciopelo. Se tocó la cara. Sintió las patillas en sus sienes.

—¿Hemos cambiado de época y de lugar?

—En efecto, es posible. Nuestras almas navegan por el tiempo y el espacio con nuestros recuerdos.

—Va vestida como en aquella época... Bueno, así es como yo la veo. Y el jardín también está en consonancia con Somerset, el Romanticismo. Todo encaja a la perfección. Y usted... ¿también lo ve así?

—Ya te lo dije: nuestras almas están en resonancia. No es exactamente lo mismo, pero lo suficiente para que nos entendamos. Como el té y el café de antes...

Aunque Max seguía sin entender nada de esa historia de resonancias, no se negaba a sí mismo el placer de evocar un escenario tan rural. Y ese desplazamiento temporal tenía su encanto. Todo lo que le alejaba de los mortíferos olores del hospital le hacía feliz.

—¡Lo sé! —exclamó—. Este jardín... es al que solíamos ir, junto al colegio. En primavera teníamos acceso a él gracias al profesor de Arte, el del acento británico. El señor...

—¿El señor Blaming?

—¡Eso es! Era muy amable. El dibujo era una excusa. Nos dejó disfrutar del jardín de los profesores. Decía que la botánica era la prueba de que Dios existe. La forma de arte mejor acabada.

—Es una frase que podría haber pronunciado, sin duda. ¿Y tú qué opinas?

—No sé nada de arte. De jardinería aún menos. Vivimos en París, no se presta a ello.

Max vio a Julie llenar su carro de la compra con macetas, tierra, abono y plantas de todo tipo.

Unos días antes habían comunicado a la agencia inmobiliaria que no comprarían el apartamento de tres habitaciones en Buttes-Chaumont que quería Julie. Era demasiado pronto, demasiado complicado, demasiado trabajo, demasiado caro. Max había explicado las razones como si fueran oraciones. Julie estaba de acuerdo con sus argumentos. Pensó que estaba convencida.

Cuando ella le pidió que la llevara a un centro de jardinería para «reverdecer su vista porque no podía respirar» se dio cuenta de que era grave.

Un mes después, ni una sola planta había sobrevivido; ni siquiera los geranios. Las suculentas[2] se habían ahogado por exceso de riego. El ficus había perdido todas sus hojas. La lavanda se había secado en su maceta. Peor que el hormigón, ahora había naturaleza... muerta.

Era lo contrario de la exuberante vegetación que los rodeaba.

—¿Puedo? —preguntó Max, señalando una brizna de hierba que quería cortar.

La señora Schmidt asintió. Max aún no había comprendido que las plantas, las flores, las hierbas y los insectos sólo existían en su mente. Por él y para él. Era libre de hacer lo que quisiera con ellos.

La señora Schmidt se abstuvo de hacer comentario alguno. Max siempre había sido una persona delicada. A veces se

---

2 Las plantas suculentas (del latín *succulentus*, que significa «jugoso») son aquellas en las que algún órgano está especializado en el almacenamiento de agua en cantidades mayores que las plantas sin dicha adaptación.

escondía tras bromas o cierta indiferencia. Pero no se dejaba engañar. En la escuela no era de los que buscaban atención ni de los que se peleaban. No era un líder ni un seguidor, y desde luego no era uno de esos niños a los que intimidaban o dejaban de lado.

Max era ese adolescente perdido en un cuerpo que ya le quedaba grande. El que no pretendía hablar. Pero cuando se expresaba, sobre todo por escrito, brindaba observaciones deliciosas, una visión refrescante del mundo y una sensibilidad sin parangón entre sus compañeros.

El día que le llamó a la pizarra para recitar *Los ojos de Elsa*, de Louis Aragon, quedaría como uno de sus mejores recuerdos como docente. Fue en los últimos días del curso. No esperaba mucho más esfuerzo de ellos. Había elegido a Aragon para hacerse eco del programa de historia, que finalizaba con la Segunda Guerra Mundial.

Max parecía tan somnoliento como de costumbre. Tuvo que repetir su nombre varias veces antes de que él se levantara y preguntara:

—¿Quién? ¿Yo?

—¡Sí, tú! ¡A la pizarra!

Cuando se levantó, tropezó con su mochila, lo que hizo reír a toda la clase. Tuvo que levantar la voz para restablecer la calma.

Había caminado despreocupadamente por el aula. Los brazos le colgaban del cuerpo.

Se sentó en la tarima frente a la pizarra. Hasta entonces, no era más que un adolescente de catorce años. Un ser de goma sin forma, endurecido por la experiencia.

Cuando su voz pasó a los versos de Aragon, se sentó en su silla. Exudaba tal fuerza que era como si los hubiera escrito él, contenían todo su poder y desesperación.

Por primera vez en todo el año, durante el recitado no cayó al suelo ninguna regla ni se oyeron risitas. Sólo la perfecta elocución de Max resonó en el aula.

En el último cuarteto, miró fijamente a los ojos de su profesora, que tenía la piel de gallina. Su voz resignada fue *decrescendo*, marcando cada sílaba:

Sucedió que una buena tarde el universo se rompió
En los arrecifes que los náufragos incendiaron
Vi brillando sobre el mar
Los ojos de Elsa, los ojos de Elsa.

El silencio se mantuvo mucho tiempo después de que hubiera concluido. Si se hubiese tratado de teatro, ese momento suspendido habría presagiado un estrepitoso fracaso o un ruidoso aplauso.

Los ojos de Max iban de derecha a izquierda. Parecía abrumado por la emoción que había sentido y transmitido.

Miró a su profesora y le dijo:

—Hablar del agua, del mar, me ha dado ganas de... ¿Puedo ir al baño?

La belleza del momento se vio truncada por la trivialidad de su pregunta y las risas de sus compañeros.

Ella se había enfadado con él por estropearle ese placer poético, y luego le había perdonado. Ser tan sensible a los catorce años debía de ser una carga terrible.

Para ella, su asociación en el más allá no había sido una mera coincidencia. Y no pudo reprimir una sonrisa al ver a Max, ya crecido y aún perdido en su propio ser, frotando la brizna de hierba entre sus manos.

El olor a hierba cortada recordó a Max el jardín del colegio, y a Brune, por supuesto. Ella vivía en la casa adosada de al lado.

Los dos jardines eran contiguos y daban al río. Un agujero en la valla permitía el acceso del uno al otro.

Lionel y Fred le habían retado a colarse. El seto descuidado era espeso. Max se había enfrentado a las zarzas, al alambre oxidado y a la tierra aún húmeda para acabar boca abajo como un escarabajo. La hierba acababa de ser cortada.

Max estaba orgulloso de haber conseguido entrar en la casa. Pero su alegría duró poco.

Se sentía observado.

Todavía tumbado boca abajo, vio unos pies descalzos. Levantó un poco la cabeza. Estaba apoyado sobre los antebrazos cuando vio unos pechos pequeños que botaban.

Se puso en pie sin saber muy bien cómo e intentó quitarse el polvo lo mejor que pudo. Su camiseta blanca se había vuelto marrón, y el verde del césped de los vecinos se había pegado a sus pantalones beige. Su madre le iba a dar una paliza.

Y allí estaba ella, frente a él. Cruzada de brazos, con su largo vestido blanco de encaje, sus grandes ojos verdes y su largo pelo rojo, parecía una aparición.

—Estás en mi casa —le dijo—. El campamento para los militares está al otro lado.

Su voz era risueña.

—Lo siento... —balbuceó Max—. Estábamos al lado con los chicos. Y...

—Lo sé... Podemos oíros. Es típico de los chicos gritar a todo pulmón.

De pie frente a ella, sucio, Max sonrió estúpidamente, como un niño de catorce años que acabara de conocer a la chica más hermosa de la Tierra.

—No es que me estés molestando, pero estoy en medio de un ensayo —dijo.

—¿Un ensayo?

—De una obra de teatro. Interpretaré a Roxane en *Cyrano de Bergerac* el mes que viene.

El libro yacía en el suelo. Lo cogió con un movimiento rápido.

—Puedo darte la réplica... —dijo—. Quiero decir... ¡si lo necesitas!

Max había hecho esa propuesta sin pensarlo. Sin siquiera presentarse.

—¿Sabes algo de teatro? —preguntó.

—Sí, bueno... ¡Sé leer! —Se rio.

—¡Qué tranquilizador! ¿Cómo te llamas? —preguntó.

—Max. ¿Y tú?

—Soy Brune. Siendo pelirroja, ¡da mala suerte![3]

Y se pasó los dedos por los rizos, sonriéndole. Max fue conquistado.

Habían quedado en verse al día siguiente. Era el mes de mayo.

---

3 En francés «brune» significa «morena» o «de cabello oscuro».

14

Para Max, el recuerdo de Brune tenía un sabor agridulce.

Como un dormilón en un sueño agitado, Max gritó, con la brizna de hierba entre los dedos:

—¡*Cyrano de Bergerac*! Me encanta *Cyrano de Bergerac*.

La señora Schmidt dejó de caminar, sorprendida por ese inspirado impulso.

—¡Genial, Max! Estamos haciendo grandes progresos. Háblame de *Cyrano*.

Daba la impresión de que cada individuo tenía sus propios recuerdos al rememorar una obra. Al igual que la credibilidad de los testigos en la escena de un accidente se mide por las discrepancias en lo que dicen, la sinceridad de una lectura depende de la singularidad de las emociones que afloran en el lector.

Para Max, *Cyrano de Bergerac* olía a mayo. Era el mes más bonito del año, según su madre. Tenía razón, como siempre. Y en aquel jardín inglés, con la señora Schmidt, sintió esos mismos rayos de sol con su refinada dulzura, esos que anuncian el verano.

Cyrano de Bergerac era también The Smiths, que escuchaba a todo volumen en su *walkman*. Brune sólo los conocía a ellos. Su habitación estaba forrada de pósters de su líder, Morrissey, y de su guitarrista, Johnny Marr. Estaba convencida de que su separación sería temporal. El futuro no le dio la razón.

Y luego, *Cyrano* fueron las horas ensayando con Brune.

Para ello, había tomado prestada una edición destartalada de la biblioteca de la escuela. Había leído la obra por la noche. Tuvo que terminar de leerla bajo sus sábanas, con una linterna. Su hermano se había reído de él.

Al día siguiente, descubrió que el profesor de Teatro de Brune había tomado «sus decisiones artísticas», seleccionando una serie de escenas míticas y sacrificando todas las demás.

La obra quedaba así reducida a su esencia: Cyrano con su ridícula nariz combinando el arte de la palabra y la espada; Roxane, su prima, confesando su amor por Christian sin conocer los sentimientos de Cyrano, su primo, hacia ella; Cyrano prestando su pluma a Christian para conquistar a Roxane, y el sórdido final: Christian asesinado, Roxane retirándose a un convento y descubriendo toda la «generosa farsa».

Max había sentido un profundo disgusto hacia Cyrano, a quien consideraba un cobarde por no revelar sus sentimientos.

Si Max hubiera tenido un cuarto de tercio de la mitad de la elocuencia de Cyrano, habría declarado su pasión hacia Brune. A falta de garbo, imaginó que Brune sería sensible a su devoción, a su abnegación por su arte.

En los ensayos, Max pasaba de ser Christian a Cyrano.

Llevaban más de un mes ensayando juntos cuando Brune le telefoneó. Era la madre de Max quien había cogido el teléfono. Le pasó el auricular y le susurró: «Parece encantadora. Invítala a casa». Las mejillas de Max ardían, su corazón se aceleraba. Podía oír los frenéticos latidos y rezaba para que Brune, al otro lado de la línea, no pudiera oírlos también.

El teléfono estaba situado en un rincón del salón, cerca del pasillo. Max se imaginó siendo presa fácil de oídos poco delicados.

—¡Max, nunca lo adivinarás! Jean-Charles se rompió una pierna.

—¿Jean qué? —preguntó con voz desgarrada.

—Jean-Charles, JC, el que hace de Christian. El hijo del profesor de Teatro. El del mal aliento, al que no soporto.

—¡Ah, sí!

—Se rompió una pierna. Así que no puede actuar. Tiene que ser sustituido. Tú te sabes todas las líneas de memoria, y pensé en ti. ¿Te gustaría hacerlo?

El corazón de Max estallaría en cualquier momento. Respondió sin pensárselo un momento.

—No.

—Ah... Pensé que estarías contento. Eres el sustituto perfecto. Me has ayudado mucho. ¿De verdad no quieres?

—Estoy ocupado ese día.

—¿No vendrás a ver la obra? —preguntó, sin ocultar su sorpresa.

Parecía aún más decepcionada por esta respuesta que por la anterior.

—Tengo que ir a casa de mis abuelos. Olvidé decírtelo. Lo siento, tengo que irme. Tengo que irme ahora. Mi madre me llama. Adiós.

—Adiós —tartamudeó, con la garganta oprimida.

Ya había colgado. En el pasillo le esperaban su hermano y su madre, que no se atrevían a hacer preguntas. Max estaba pálido. Fue a tumbarse en su cama, donde pasó el resto de la tarde mirando al techo mientras escuchaba a The Smiths en sus auriculares.

Tras esa llamada, Brune y él ensayaron unas cuantas veces más. Pero la magia desapareció. La chica se volvió más distante. Max llegó a la conclusión de que su actitud era la prueba inequívoca de que no sentía nada por él y que cualquier declaración por su parte sólo habría sido una humillación.

Brune estaba ahora ocupada con Matthieu, que había aceptado hacer de Christian sin esperarlo. Con un cuerpo atlético y una sonrisa carnívora, el nuevo Christian tenía todos los atributos de su homónimo de papel.

El día de la obra, fiel a su palabra, Max no fue al teatro. Pasó la noche en la cama, mirando de nuevo al techo, con el *walkman* atornillado a los oídos, escuchando en bucle *Heaven Knows I'm Miserable Now.*[4]

De todos modos, fue a su casa al día siguiente. El padre de Brune alabó las dotes interpretativas de su hija y le dijo que había ido al cine con Matthieu.

Cuando los vio unos días después en la plaza del ayuntamiento cogidos de la mano, se le partió el corazón. Al mismo tiempo, su *walkman* se agarrotó en *I Know It's Over*[5] y la cinta del casete de The Smiths se retorció sobre sí misma. Max sabía que todo se había acabado, tanto con Brune como con The Smiths.

Volvió a casa, se tumbó en la cama y escuchó, esta vez, un casete de *chansons* francesas que pertenecía a su madre. Desde el pasillo, sus padres y su hermano podían oírle susurrar «ne me quitte pas» o «je l'aime à morir».

Su primer gran amor no lo había sido. Max supuso que si hubiera aceptado hacer de Christian, sus lazos con Brune se habrían reforzado y ella no habría conocido a Matthieu, el hombre apuesto. Para ello habría tenido que enfrentarse a la mirada de los demás, arriesgarse a hacer el ridículo.

Le disgustaba que, como en el caso de Cyrano, se hubiera perdido el amor por una vulgar cuestión de amor propio.

—¿Qué te gusta de esta habitación? —se impacientó la señora Schmidt.

---

4 «Dios sabe que ahora me siento miserable», The Smiths.

5 «Yo sé que se acabó», The Smiths.

15

La señora Schmidt no miró su reloj porque no tenía, pero mostraba otros signos de impaciencia. Miraba fijamente a Max, repitiendo pequeños gestos con la mano derecha que parecían decir: «Vale, vamos... Vas a desembuchar». Ella nunca habría dicho eso, por supuesto, pero la idea estaba ahí.

Max se sintió obligado a decir algo. Cualquier cosa.

—¡Te amo y soy tuya!

La señora Schmidt le miró estoicamente antes de estallar en carcajadas. Max se sabía de memoria los pasajes interpretados por Brune, los que correspondían a Roxane.

Se sonrojó. Mucho. Porque había hablado en femenino, un hombre en la flor de su vida. Y también porque ese «te quiero» resonaba con fuerza en él, junto a su profesora, a la que tanto había adorado cuando era adolescente. Ese «te quiero» que tanto le hubiera gustado dirigirle cuando Brune lo pronunció. Ese «te quiero» era el resumen de aquellos primeros amores que no habían fructificado.

Incluso en la muerte, el azar puede salvarte. Y así fue, gracias a un encuentro inesperado.

—¡Hola, Mireille!

Era la voz de un hombre, joven y alegre. La señora Schmidt se dio la vuelta. Mireille era ella. Para Max, la señora Schmidt no podía tener nombre de pila, ni marido, ni padres, ni vida fuera de las paredes de su aula. Para él, ella estaba asociada para siempre a su papel de profesora. Con algunas personas, el nombre representa una intimidad en la que no se quiere entrar. Pero con ella era algo más que eso. Era la incapacidad de Max para imaginar que su profesora existía fuera de la escuela.

Un día, la había visto en los pasillos del supermercado. Empujaba su carrito lleno de papel higiénico, yogures, pasta, carne y otros productos perecederos. Se había escondido hasta estar seguro de que pasaría por caja. La vulgaridad de la escena estaba en total contradicción con lo que la señora Schmidt representaba para él: elegancia, distinción, refinamiento.

Era bien sabido que los profesores sólo se alimentaban de conocimientos. Eran seres sin existencia propia, salvo para el aula. Y sus nombres de pila eran señor, señora y, a veces, señorita.

—¡Buenos días, Theo! —exclamó la señora Schmidt con una alegría que perturbó el hilo de los pensamientos de Max.

Un elegante hombre negro de unos veinte años vestido con vaqueros y una chaqueta de terciopelo azul noche caminaba hacia ellos. No era un caballero del Segundo Imperio francés. La resonancia de la que hablaba la señora Schmidt no parecía funcionar con él. Ni con la anciana aferrada a su brazo que daba un paso tras otro. Parecía una niña pequeña, de cara redonda y ojos risueños. Era una abuelita como las que se ven en Japón, pensó Max. ¡Una abuelita de manga!

El corte de pelo afro del joven contrastaba con el largo cabello blanco de la anciana, que llevaba recogido en una trenza. Lo que tenían en común era que ambos destilaban juventud.

—Me llamo Theo —dijo el hombre, tendiéndole la mano a Max—. Esta es Odile.

Max pensó que el tal Theo debía de haber roto más de un corazón. Irradiaba ganas de vivir. En el mundo de los muertos a Max esto le parecía un poco embarazoso, casi indecente.

—Soy Max —respondió, estrechando la mano de Theo—. ¡Acabo de llegar!

—Se nota —respondió Theo.

Dicho de otro modo, podría haber sido ofensivo.

—Lo sé... —respondió Max, bajando la mirada.

—No es un reproche, amigo mío. Todos estamos un poco distraídos cuando llegamos. Odile también es un poco desastre, ¿verdad, Odile? —Theo tuvo que alzar la voz para que pudiera oírle.

—Es un poco molesto —dijo la anciana—. Ya lo ves, tienes que elegir tu género. ¡Es un verdadero dilema!

—Para mí también es un calvario, se lo aseguro. ¿Tampoco ha leído mucho? —preguntó Max.

La anciana no pareció entender el sentido de su pregunta.

—Por supuesto que leo. ¿Qué más quieres que haga aparte de leer? ¿Tejer? ¿Macramé?

Y prorrumpió en una risa fresca y contagiosa que Theo y la señora Schmidt compartieron. Max vaciló. ¿Se reía de él o de ella? Era una pregunta que Max se había hecho a menudo en su vida.

—Te ruego que me disculpes. Soy una bromista. Mi Robert solía decirme: «Espera a conocer a la gente antes de hacer bromas». Pero yo no sé esperar. Así que puedes imaginarte mi cara cuando me explicaron que tendría que esperar hasta inspirar a un autor.

Ella resopló.

—Sí, ¡la elección del género es toda una historia! —replicó Max, sin estar seguro de si él y la anciana se entendían.

—Mi problema es que me gusta todo. Y con la edad, aún más.

La señora Schmidt, Theo y Max escucharon a la anciana, asintiendo por cortesía. Ninguno de ellos sabía realmente lo que ocurría a su avanzada edad.

La tía abuela de Max había perdido la cabeza cuando él tenía seis años. Vivía en su calle. Una viuda de guerra que nunca tuvo hijos.

La primera vez que su madre lo había mencionado, se había imaginado a su abuela sin cabeza. Literalmente, con la cabeza cortada. Pronto se dio cuenta de que, aunque su cabeza seguía en su cuerpo, era su mente lo que se había extraviado.

Había olvidado los nombres de Max y de su hermano. En pocas semanas, Max había perdido, con la cabeza de su abuela, sus galletas de canela, su suave tarta de pera y el derecho a ver *Goldorak* en la pequeña tele de la cocina. Había acabado observando el mariposario que había frente a su ventana.

Al llegar allí, a la otra vida, ¿habría vuelto a ser ella misma? Max no recordaba haber visto ningún libro en su casa, excepto quizá algunos volúmenes de cocina. ¿Cómo podía haber elegido su género? ¿Qué significado podía tener para ella?

Pero Odile no era la tía abuela de Max. Era una mujer que poseía todas sus facultades mentales. Y muchas otras, como la curiosidad.

—Antes de que muriera mi Robert, leía sobre todo novelas históricas. Me gustaba mucho Françoise Chandernagor.

—Algo seguro —exclamó Theo, como si tratara de promocionar a su protegida.

—Sentí que me estaba cultivando. Debería haber muerto entonces, habría sido más fácil. Pero fue Robert quien murió... Me pregunto qué elegiría. A veces leía historias de detectives.

—No siempre existe un vínculo entre las lecturas de toda la vida y la elección del recién llegado —agregó Theo.

—A veces la gente se rebela, adopta un género sorprendente para su edad, sexo y cultura —dijo la señora Schmidt.

—Quizá sea eso lo que me ocurra a mí —dijo Odile, sonriendo.

La anciana comenzó a contorsionarse.

—¿Estás bien, Odile? —preguntó Theo.

—Necesito ir al baño. ¿Es eso posible cuando estás muerto?

—Desde luego —respondió su guía—. Al principio es algo normal. Antiguos reflejos. Como miembros fantasma.

Ante las miradas perplejas de Max y Odile, Theo aclaró lo que había dicho.

—Pido disculpas. Fallecí durante mi internamiento en neurología. Eso es lo que siente, por ejemplo, un paciente con un brazo amputado; sigue experimentando sensaciones dolorosas en los dedos. El término «miembro fantasma» se emplea porque la parte del cuerpo que causa el dolor ya no existe, sino que persigue al paciente como un fantasma.

Max se acarició el brazo izquierdo con la mano derecha. Por puro reflejo. Para comprobar que todo estaba en su sitio.

La señora Schmidt se ofreció a llevar a la anciana al baño. Ni siquiera en el reino de los muertos se podían bajar las bragas en cualquier parte, pensó Max.

—Theo, te dejo a Max unos minutos. ¡Cuídalo!

—Por supuesto, mi querida Mireille. Protege a mi protegida y yo haré otro tanto con tu protegido.

16

Max y Theo se encontraron. Su diferencia de edad no era tan grande, pero uno al lado del otro parecían ser de generaciones diferentes.

Theo era un poco más bajo que Max, pero de manera natural se mantenía más erguido, lo que le confería una presencia de la que Max carecía.

Max, en cambio, parecía abrumado por su grandeza. Toda su vida se había disculpado por ello. De hecho, siempre se había disculpado por todo. Por no unirse al negocio de pintura de su padre. Por no tener hijos como Julie soñaba. Y ahora, por no haber leído lo suficiente para saber lo que le gustaba y lo que no.

Theo, en cambio, desprendía la alegría de la gente que tiene una vida plena, que está contenta con lo que es y con lo que hace.

Theo habló primero. Era de los que hacían todo primero, se le notaba. Tenía la misma confianza alegre y desenvuelta que su hermano Ben.

—Max, ¿quieres sentarte mientras esperamos a nuestras damas?

Max asintió. Theo le condujo a un rincón donde un terreno polvoriento había sido sustituido por césped. Altos plataneros ocultaban un pabellón verde agua, típico de los parques públicos.

Algunas de las mesas ya estaban ocupadas por parejas extrañamente combinadas. Enseguida se fijó en los hombres con chalecos sin mangas, algunos con boina, y en las mujeres con blusas de encaje, capas y sombreros.

Theo llevaba una camiseta de rayas azules y blancas de manga larga y unos pantalones blancos. Parecía un navegante.

Max echó un vistazo a su propio atuendo, un traje entallado con un pañuelo por corbata.

No hizo ningún comentario. Intentó comprender, por su cuenta, cómo había acabado a principios del siglo XX. Tenía que estar relacionado con ese quiosco. Recordó un documental que había visto durante el vuelo a Ciudad del Cabo sobre los bailes de la Belle Époque que tenían lugar en los jardines de Luxemburgo.

—¡Vamos, Max! Aquí estaremos tranquilos —dijo Theo, mostrándole una mesa redonda de hierro forjado dispuesta bajo un tilo esplendoroso.

—¿Nos encontrarán?

—Sí, no te preocupes. Este es nuestro bar.

Max estaba fascinado por sus vecinos de mesa. A su izquierda, dos hombres mantenían una profunda conversación. Uno de ellos, de barba poblada, podría haber sido Louis Pasteur. A su derecha, dos mujeres vestidas de domingo se reían.

—¿Ellos tampoco han elegido aún?

—En la mesa de la izquierda, efectivamente, están indecisos. En la mesa de la derecha hay dos compañeros descansando antes de su nueva asignación.

—¿Cómo se hacen las asignaciones? Para la señora Schmidt y para mí, están relacionadas con la escuela, pero ¿para ti y Odile?

—Odile y yo nos hemos cruzado en el pasado, en el hospital. Pasé mi vida allí. Era mi familia. Como ya no tenía una...

—¿Perdiste a tus padres?

Era una pregunta personal que quizá no debería haber formulado.

—Cuando tenía quince años. Mis padres y mis dos hermanos fueron asesinados por un grupo armado que irrumpió en nuestra casa en mitad de la noche. Fue durante el genocidio en Ruanda. Conseguí esconderme con mi hermana pequeña. Huí con ella a través del Zaire. Tuvimos la suerte de que nos acogiera una familia francesa.

—¿Suerte? —Se había preguntado Max en voz alta. Ya se estaba arrepintiendo. ¿Por qué no podía evitar esas salidas?

—Era una oportunidad de sobrevivir. De ser acogido. Pero lo comprendo. Te imaginas la masacre, el horror, el dolor de perder a los tuyos. Veo la sonrisa de mi hermana pequeña cuando vio por primera vez el mar en Normandía, la paciencia de mi familia de acogida, la felicidad de pasar las pruebas para entrar en Medicina.

—Es tan injusto morir tan joven. Te quedaba tanto por vivir —balbuceó Max, pensando más en su propia situación que en la de Theo.

—No tan joven, tenía veintinueve años. Te haré reír, siento que lo necesitas. Sobreviví al genocidio de Ruanda, a la masacre en mi propia casa y... ¡me electrocuté en mi propio cuarto de baño!

—¿Electrocutado?

—Intenté cambiar una bombilla con los pies húmedos... Sobreviví a un ataque paramilitar y no a una ley elemental de la física —concluyó Theo riendo.

—¡Es horrible! —exclamó Max—. Te culparías a ti mismo.

—¿Por qué? ¿Porque cometí un error?

—Fue un gran error.

—¡El más grande que he cometido nunca! —Theo volvió a reír a carcajadas.

—Sabes ser positivo —comentó Max, con los ojos muy abiertos.

—Cuando uno es médico no puede permitirse ser demasiado permeable a las emociones. Y entonces entiendes que no debes obsesionarte demasiado con la justicia.

—¿Por qué no?

—Vemos niños muriendo, sufriendo... No hay justicia en eso. Necesitamos distanciarnos. Y los pacientes, como los indecisos aquí, necesitan alegría más que compasión.

Max no entendía cómo podía bromear con una muerte tan absurda. Su frivolidad incluso le molestaba.

—¿Pero no tenías ganas de rebelarte? ¿De gritar contra la injusticia?

—¿Y qué habría ganado haciendo eso?

—¡Liberarte! Sobrevives a una masacre. Te vuelves a levantar. Empiezas una carrera brillante y ¡pum! Te mueres así. No tiene sentido.

—Morir joven o no, no importa. Es sólo una visión de la mente. Lo que no puedes conseguir en tu vida, lo consigues aquí, multiplicado por mil.

Max apoyó los codos en la mesa. Sus manos entrelazadas pasaron por debajo de su barbilla para apoyarse.

—Theo, tengo una pregunta... ¿Cómo se llega a ser un guía como tú?

Max preguntó a Theo de la misma forma que habría preguntado a su orientador del instituto acerca de estudiar para arquitecto o para contable.

Por primera vez, Theo parecía molesto. Suspiró.

—Es una pregunta difícil, Max. Entiendo que te la plantees. Pero es demasiado pronto para ti y para nosotros.

Max le miró con los ojos ligeramente empañados.

—No quiero obligarte a revelar secretos. Lo siento, Theo —musitó Max—. Este día ha sido tan difícil para mí... Lo siento, no debería decir eso después de todo lo que has pasado.

—No tienes que disculparte, Max. Ninguna reacción es más correcta que otra. Ningún mal es más terrible que otro. Es terrible la forma en que queremos compararlo todo. Morir joven sería peor que morir viejo... Perder la casa peor que perder el trabajo... Y si soy músico, ¿perder el oído sería peor que perder la vista? Toda esa contabilidad... Todo es percepción. Aquí, cada uno reacciona como puede.

—Antes de llegar nunca había pensado en la muerte, en mi muerte.

—¡Y yo, en cambio, no paraba de pensar en ello!

Max sonrió tímidamente.

—Este lugar, esta elección... ¡Sólo un escritor puede imaginar esta... grotesca transición! —argumentó, fijándose un horizonte imaginario frente a él. Suscitaba compasión verlo.

—Nadie leería ese libro. ¡Demasiado loco! —bromeó Theo.

Max se sintió enfermo, como si, en su interior, su corazón se hubiera vuelto demasiado pesado y estuviera aplastando sus otros órganos. Se llevó las manos al pecho.

—¿Te encuentras bien, Max? —preguntó Theo, aparentemente preocupado por su estado.

—Creo que me va a dar un infarto... ¿Es posible tener un infarto?

Theo no pudo reprimir una leve sonrisa.

—¿Tú qué crees? —respondió.

La mirada del guía hizo que Max se percatara de que no se podía morir en la muerte. Se sintió estúpido, y eso le molestó. Conocía esa sensación de no sentirse lo suficientemente inteligente, de no sentirse lo suficientemente culto. Le había acompañado a lo largo de sus estudios, y también después, cuando había empezado a trabajar entre profesionales multigraduados. Ese sentimiento se había aminorado un poco con el tiempo hasta que llegó allí.

—Creo que mi pregunta era innecesaria. Como todas mis preguntas, probablemente —afirmó con resignación.

Theo se acercó a él y le susurró:

—No todas tus preguntas. Piénsalo, Max. ¿Qué tenemos en común Mireille y yo? Nosotros los guías...

17

Sentado a la mesa, Max se concentró. Entrecerró los ojos y frunció el ceño.

—Tú, Theo, eras médico. Ayudabas a los enfermos...

Max se tapó la boca con el puño derecho. Un acto reflejo cuando estaba pensando.

—Y la señora Schmidt era profesora de Literatura. Ser profesor significa acompañar a los alumnos, ayudarles a crecer. Y ella conoce todos los géneros literarios... Eso tiene sentido. Pero tú, tú estudiaste Medicina... Nada que ver con la literatura. Eres un hombre joven, y la señora Schmidt una mujer de mediana edad... Así que ni la edad ni la profesión son un criterio de selección.

—Lo estabas haciendo bien, Max, pero ahora te estás alejando.

—Estaba a punto de hablar de medicina, cartas... ¡Espera! Voy a dar con ello... ¿Ayudar? ¿Ayudando a la gente? Así es. En tu vida has aconsejado a enfermos, la señora Schmidt ha aconsejado a estudiantes. Gracias a vosotros han mejorado.

Theo puso su mano sobre el brazo derecho de Max.

—¡Bien visto! ¡Vamos avanzando!

Odile se agarró al brazo de la señora Schmidt para evitar caerse. Max pensó que era sádico no permitir que la anciana recuperara el equilibrio. Las dos mujeres también habían cambiado. Ahora llevaban guantes y unas preciosas botas de cuero marrón. La esbelta cintura de la señora Schmidt quedaba resaltada por una larga falda blanca con un ancho cinturón beige. En cuanto a Odile, llevaba un vestido verde con mangas abombadas que parecía hecho a medida. Con el pelo recogido en un moño, la anciana parecía salida de un libro ilustrado de la Belle Époque.

—Estaba segura de que te escondías aquí —exclamó la señora Schmidt.

—Me conoces muy bien, querida Mireille —observó Theo—. ¿Les apetece beber algo, señoras?

—Con mucho gusto—dijo entusiasmada la señoraSchmidt.

Odile se sentó mecánicamente en la silla que Theo le había traído.

—¿Es habitual que estemos los cuatro juntos así? —preguntó Max a su guía a modo de inciso.

—¿Te importa, Max? —preguntó la señora Schmidt.

—No, en absoluto. Odile y Theo son muy agradables.

Max lo había dicho lo suficientemente alto como para que los otros dos lo oyeran. Quería que supieran que le gustaban. Quizá le devolvieran el cumplido.

Todos se pusieron cómodos. El ligero encorvamiento de Odile, el suspiro de Theo, el bostezo de la señora Schmidt.

—No se trata de mí. Sólo me preguntaba si esto forma parte del protocolo. Aquí no se conoce a mucha gente. Y allí están en parejas —dijo Max, señalando las mesas más alejadas.

—No hay protocolo, Max —respondió la señora Schmidt—. Los protocolos, los procedimientos, las metodologías se dejan para los vivos. ¡Eso les tranquiliza!

—O los tortura —añadió Theo.

—Va a ser duro para mí —suspiró Max—. Los procedimientos son mi vida.

Se volvió hacia Theo y Odile para explicarles:

—Fui supervisor de seguridad en un grupo minero. Listas de comprobación, puntos a verificar, acciones correctivas, áreas de mejora; esa es toda mi vida.

Max vio diagramas, gráficos, tablas a su alrededor.

Todo ello dio paso a *flashes* de su último día de trabajo y luego de su viaje a casa. Estaba oscuro. Había empezado a llover y luego a granizar.

No se veía ni siquiera a cinco metros.

Delante de él, un camión derrapó y volcó sobre su lado. Le bloqueó el paso. Max se estrelló.

El chirrido de los frenos, silencio, la chapa golpeada, silencio, los gritos, silencio, más chirridos, silencio, el tintineo de la lluvia, silencio.

El silencio que volvió le ensordeció. Se sintió atrapado en una burbuja, como cuando metes la cabeza bajo el agua en la bañera y abres los ojos.

Luego las sirenas, el hospital y la muerte.

Levantó bruscamente la cabeza como para recobrar el aliento. Sus tres compañeros le observaban. La señora Schmidt sacudía con vehemencia el brazo derecho de Max.

—¡Ah, Max, has vuelto!

—Va a ser duro para mí —susurró Max—. Los procedimientos son [illegible].

Se volvió hacia Theo y Cecilia para explicarles.

—El supervisor de seguridad en un turno nocturno. Horas de [illegible] puntos de verificación, [illegible] correctivas, [illegible] todo a la vista.

Max vio diagramas, gráficos, [illegible].

[illegible] de su último día de trabajo [illegible] de su viaje a casa, estaba oscuro. [illegible] leer y luego a [illegible].

[illegible]

[illegible] sobre su lado. Le [illegible] el piso. Max se estrelló.

[illegible] silencio, [illegible] silencio, [illegible] silencio.

[illegible] silencio [illegible]

[illegible]

[illegible] los ojos.

Luego las sirenas, el hormigón, la muerte.

[illegible] la cabeza [illegible] el [illegible]

[illegible] Max.

[illegible]

18

Max había vuelto a ser él mismo, pero no del todo.

Acababa de revivir el accidente a gran velocidad. Humedad, oscuridad, caos.

Todo había retornado excepto el instante en que había abandonado el mundo de los vivos. Había llegado directamente a esa sala donde el hombre del quepis distribuía las llegadas.

Por cierto, ¿cómo se llamaba ese lugar? ¿Ese momento? ¿Cuando sólo se es un alma, dónde se vive?

Una cosa era cierta: aquello no era el paraíso.

—¿Esto es el purgatorio? —preguntó Max.

—Acabamos de pedir...

Theo había empezado su frase al mismo tiempo que la de Max.

Los dos guías se echaron a reír.

Theo estaba a punto de decirle que habían optado por una botella de Petit Chablis. Un poco de alcohol les relajaría. Y a Odile le encantaba el vino blanco.

Se rieron a carcajadas, sin burlarse de él. Les divertía la situación, ese desfase.

Un hombre de unos sesenta años vestido de camarero, con un paño de cocina colgado del cinturón, llegó con una bandeja redonda en la que había cuatro copas de balón y una botella.

Max observaba la escena. Estaba allí, pero se sentía ausente. Era como si otra persona estuviera viviendo ese momento.

La señora Schmidt pareció comprender la gravedad de la situación.

—¡Max! ¡Vuelve! —le dijo, sacudiéndole el brazo—. Estás entrando en disociación. Es un síntoma clásico. Cuando la realidad es demasiado difícil de sobrellevar, te escapas. Ocurre a menudo cuando estás vivo. Pero cuando estás muerto, es una trampa terrible para el alma. Es como quedarse dormido. En ese caso no podrás inspirar a un escritor, porque no te sentirá. Y nadie podrá venir a buscarte. Un ahogo eterno...

Max miró fijamente los grandes ojos de la señora Schmidt. Tenía largas pestañas. Tenía los labios tan carnosos... Como esas chuches en forma de bocas rosas y blancas que comía de niño.

Se acercó a ella como si fuera a morderla. Ella le empujó.

—Tienes que ponerte las pilas, amigo mío. No tienes mucho tiempo —dijo Theo, agarrándolo.

Max empezó a llorar.

—Nunca hay tiempo suficiente para nada —dijo como un niño de seis años que acaba de empezar primaria y descubre los deberes extraescolares—. Siempre tenemos que correr de un lado para otro, levantarnos por la mañana, ir a trabajar, hacer los deberes, contestar a los mensajes, practicar con el piano, sacar la basura, dormir temprano... No puedo más.

Max sollozaba. Odile le cogió la mano.

—Vamos, pequeño Max. Llora. Mucho, pero sólo una vez. ¿Lo prometes?

—Lo prometo.

Odile dirigió a Theo y a la señora Schmidt una mirada cómplice.

—Soy cinco veces abuela y dos veces bisabuela. ¡Lo sé todo sobre los niños!

—Tú sí que sabes hacerlo —le susurró Theo al oído.

El llanto de Max no se limitaba a lágrimas que corrían suavemente por su cara. A sus pies se había formado un charco.

Se levantó de repente. Asustado, dejó de llorar.

—¿Qué ocurre? —gritó Max.

—La magia de las emociones —comentó la señora Schmidt, dirigiéndose tanto a Odile como a Max.

—Aquí no estás en el purgatorio. Estás en el inspiratorio. Tus emociones cobran vida poco a poco, literalmente, como en una novela. Max, ¿en qué pensabas cuando llorabas?

—Recordé que mi padre decía de mi madre que ella lloraba como una fuente —respondió sin apartar los ojos del charco.

—Tu mente hizo una conexión metafórica. Te convirtió en una fuente.

Max se preguntó si había oído bien a su antigua profesora.

—Eso es lo que ocurrirá después —prosiguió Theo, volviéndose hacia Odile—. Una vez que hayas elegido tu género, una vez que estés en condiciones de inspirar a tu autor. Evidentemente, ya no serás consciente de ello. Pertenecerás a la obra.

Max tenía la sensación de ser la única persona cuerda entre lunáticos. Pero los locos que tenía delante parecían tan cuerdos...

La seriedad de su razonamiento le asustó. Lo que le hizo preguntarse si era él quien padecía trastornos mentales. Pero en ese caso, ¿qué significaba la locura? Quizá todo estaba al revés. Lo que se consideraba normal no lo era, y viceversa. Como en la vieja película *El fantasma de la libertad,* de Luis Buñuel, que Brune le había mostrado entre ensayo y ensayo de *Cyrano de Bergerac.*

Una escena le había impresionado: la gente defecaba junta alrededor de una gran mesa de comedor. Luego se aislaban tímidamente para alimentarse en una habitación tan estrecha como un retrete. En ese mundo invertido, uno se avergonzaba de comer en público, pero no de bajarse los pantalones.

Aquí sintió la misma incongruencia.

Todo eso sólo podía ser el resultado de alucinaciones. Debía de estar en un manicomio.

La idea de estar rodeado de «chiflados» como habría dicho su padre, de ser uno de ellos, era insoportable para Max.

De repente sintió que el cielo se convertía en sangre y que una figura vociferante y aterrorizada avanzaba hacia él. Un rostro mortecino, de ojos abiertos como platos, cuyos gritos quedaron atrapados en el silencio. O, más bien, en el lienzo.

El grito, recordó Max. Ese era el título del cuadro. El señor Blaming, el profesor de Arte, les había hecho estudiarlo. Max sólo recordaba el nombre del artista, Munch, pero no su nombre de pila. Había bromeado al respecto con sus amigos: «Era *too munch* ese cuadro».

Al pintor le perseguía la muerte y sufría de depresión y alucinaciones. Su obra expresaba su infelicidad, según Blaming.

Ese cuadro representaba ahora también la infelicidad de Max, que en aquel momento nunca había sido tan intensa. Era él, el hombre muerto, que gritaba sin ser oído.

Así que Max hizo lo que cualquier persona presa del pánico habría hecho en su lugar. Empezó a gritar. Como si su propio grito pudiera despertarle, sacarle de sí mismo y de la situación en la que se encontraba.

Esto no cambió nada, incluso cuando empezó a unir el movimiento con la palabra al subirse a su silla.

—Sobre la utilidad de prepararse para la muerte... —decía Theo a Odile.

La señora Schmidt asintió, claramente molesta al ver a su protegido metamorfosearse en un angustiado King Kong.

Odile parecía abrumada por la escena.

—Siento, Odile, que tengas que ver esto... Es extraño —se justificó Theo.

—¿Por qué se encuentra en ese estado?

Max acababa de saltar de su silla para empezar a correr entre las mesas gritando:

—¡¡Soy real!! ¡¡Soy real!!

Los demás clientes del establecimiento permanecieron impasibles.

—¿Me va a pasar a mí eso? —continuó Odile, perpleja.

—No te veo como trepadora de árboles —rio Theo, mientras observaba a Max en plena acrobacia, con la cabeza boca abajo sobre el platanero.

—Tú, Odile, te habías preparado para la muerte —dijo la señora Schmidt—. Y eso se nota.

19

—Como soy vieja, estoy mejor preparada para la muerte que Max, ¿es eso? —preguntó Odile entornando los ojos.

—No es cuestión de edad —respondió la señora Schmidt—. Mira a Theo o a mí, morimos jóvenes. Yo de una enfermedad. Theo de...

—Una tontería —dijo, esbozando una sonrisa—. Me electrocuté en mi cuarto de baño.

Se miró los pies y puso cara de payaso triste.

—¡Pobrecito! ¡Qué horror! —exclamó Odile.

—Pero lo hice bien. ¡Un buen pollo a la parrilla! —bromeó.

—No lo dudes, mi pequeño Theo. No eres de los que hacen las cosas a medias —añadió la anciana, que no parecía demasiado perturbada por la despreocupación de su guía—. Entonces, si no es gracias a la edad, ¿cómo te preparas?

Max llegó en ese momento. Su camisa estaba adherida a su pecho sin vello debido a la copiosa sudoración. Mechones empapados de su pelo formaban un flequillo sobre su frente, que se había vuelto carmesí al igual que todo su rostro. Apenas podía recuperar el aliento.

La señora Schmidt le ofreció un vaso de vino blanco y le indicó que se sentara. Max cogió el vaso y se sentó. Se enfurruñó como un niño al que se le impide corretear por los pasillos de una juguetería.

Si Max se había comportado como un niño desde su llegada era porque se sentía como tal en aquel mundo desconocido. El cambio de escenario y de apariencias era, en parte, como un juego de niños. Pero esos recuerdos que se le imponían se parecían más a un mal sueño. Y esas conversaciones sobre la muerte le parecían muy serias.

Aparte de una mirada con el rabillo del ojo, la señora Schmidt no pareció prestar atención a su actitud arisca y prosiguió:

—Cada uno de nosotros se prepara para la muerte a su manera. Seamos claros: prepararse no significa resignarse. Morir, cuando estamos vivos, es un concepto aterrador. Representa lo desconocido. No saber lo que va a ocurrir.

—Yo estaba más triste que aterrada. Me causó una gran angustia no poder ver más a mis seres queridos —dijo la anciana.

—En mi situación, con un cáncer terminal, mi única preocupación era el sufrimiento físico —dijo la señora Schmidt—. Era tan intenso... Pensé que me seguiría hasta la otra vida.

—Y para mí, la muerte era violencia. Era un desgarro de la vida, de mi propia gente —añadió Theo.

Max se removió en su silla para llamar la atención, mientras evitaba la mirada de sus compañeros.

La señora Schmidt no le quitaba ojo. Seguía siendo su guía y no olvidaba su misión.

—Cada uno de nosotros ha proyectado imágenes de la muerte a lo largo de su vida —explicó—. Hemos pensado en ella, a veces la hemos experimentado a través de nuestros seres queridos.

El primer duelo de Max tuvo lugar a los diez años de edad. «La tía abuela nos ha dejado», dijo su madre cuando su hermano y él se peleaban en su habitación.

Tras el funeral, al que no se permitió asistir a los niños, los familiares más cercanos fueron a casa de los padres de Max.

Max y su hermano se pasaban platos de galletas entre los adultos. Tenían un asiento en primera fila para todos los comentarios vertidos: «Ya no era vida»; «No era ella misma»; «Está mejor donde está».

A sus diez años, Max se había preguntado qué significaba aquello. Si ya no era ella misma, ¿quién era? ¿Cómo podían saber que estaba mejor donde estaba? Y entonces, ¿dónde estaba?

Había hablado de ello con su abuela.

—Ella está en el cielo, querido. Dios la ha llamado de nuevo a sí. Eso es todo lo que importa.

Max la había mirado con lástima y vergüenza. Le entregó las galletas y salió corriendo. Se había encerrado en su habitación y miraba el cielo desde su ventana. Era imposible que todos los muertos, desde el principio de los tiempos, estuvieran allí. «¡Eso se vería!», se dijo.

Diez años más tarde, le tocó morir a su madre. A una edad en la que no se lo esperaba.

En aquella época era estudiante. Vivía en una habitación en un edificio al final de una calle. Se acordaba de la portera, que había subido los seis pisos a toda velocidad. No podía respirar, la pobre mujer.

—Max, tu padre está al teléfono. Creo que es importante.

En dos años, el padre de Max nunca le había llamado. Su madre, en cambio, lo hacía una vez al mes, además del día de su cumpleaños. Así que tenía que ser importante.

Por el tono de voz de su padre, supo que había ocurrido algo dramático.

Había querido gritar. No lo había hecho. De todos modos, no se habría atrevido.

Durante el funeral, cada cual hizo su consabido comentario pretendidamente reconfortante: «Qué injusticia»; «Era una mujer tan agradable»; «Ha muerto en la flor de la vida».

El alivio que habían sentido por la muerte de su tía abuela había sido sustituido en el de su madre por tristeza, indignación y consternación. Era similar a lo que sentía ahora por su propia muerte, que parecía tan imprevisible como injusta.

Cada muerte, según las circunstancias, provocaba reacciones diferentes. Eso era lo que él había notado. Y allí, también, cada uno experimentaba su muerte a su manera.

Observó a Odile, llena de energía, implicada en la conversación. Esos guías tan desapegados. Y él, tan desesperado.

Max se volvió hacia la señora Schmidt para escucharla mejor, al mismo tiempo que intentaba ignorarla.

—En lo que a mí respecta, debo admitir que tomé conciencia de la muerte cuando estaba enferma. Me atormentaba día y noche. Estaba en cuidados paliativos, en la séptima planta de un gran hospital moderno. Era un cementerio que no decía su nombre. Consideré todas las posibilidades: la nada, el cielo, la reencarnación.

Max respiró con fuerza.

—Sabía que la muerte vendría a por mí, pero esperaba que me olvidase —bromeó Odile.

—¿Realmente lo pensaste? —preguntó Theo.

—Por supuesto. Enterré a mis dos hermanas, a tres primos, por no hablar de amigos y vecinos, y por supuesto a mi Robert. El problema de hacerse mayor es que pierdes a tus amigos. Sigo teniendo noventa y ocho años.

—¡No los aparentas! —exclamó Max, que parecía volver en sí poco a poco.

—Gracias —se sonrojó Odile—. Siempre he pensado más en la muerte de los demás que en la mía. Creía que la muerte se había olvidado de mí hasta el día en que sentí que se acercaba.

Reuní a toda la familia: hijos, nietos, bisnietos. Bebimos champán y comimos dulces. Siempre me ha gustado eso. Brindé con todos. Fallecí por la noche.

—Es una buena muerte —comentó Max.

—Eso pienso yo también —sonrió Odile—. Mi vida no siempre ha sido fácil. Mis padres se marcharon muy jóvenes. Éramos pobres. Pero he conocido el amor de los míos.

Odile sació su sed. Y todos aprovecharon para beber un poco, como un cuarteto afinando. Sin embargo, ninguno se miró a los ojos. Como si sus pensamientos más íntimos pudieran reflejarse en los ojos de los demás.

—He vivido con la muerte —dijo Theo—. La muerte de mi familia. Luego la de desconocidos, en el hospital. Sabía en mis carnes que podía apoderarse de nosotros en cualquier momento.

—Theo, has comprendido la impermanencia de la que tanto hablan los budistas —comentó la señora Schmidt.

—Los budistas han plasmado en sus escritos lo que sólo la vejez enseña —añadió Odile—. A mi edad sabemos que nada dura, que todo cambia constantemente. ¡Bravo, Theo! ¡Eras viejo antes de tiempo!

—Pero no estaba en la rampa de salida para morir, te lo aseguro —bromeó Theo.

—Yo tampoco —murmuró Max.

Todos se volvieron hacia él, sorprendidos por esa repentina intervención.

—Pensé que tenía toda la vida por delante —continuó—. Sin embargo, Julie me lo había advertido.

20

Max recordaba esa conversación con precisión. Acababan de cenar en Chez Hanna, en el barrio del Marais.

Era un 4 de julio. Lo recordaba porque, junto a ellos, dos parejas americanas celebraban su fiesta nacional. Las mesas estaban tan juntas que Max y Julie podrían haber participado en la charla si hubieran querido.

A Max siempre le fascinó la capacidad de los estadounidenses para hablar alto, incluso muy alto, sin preocuparse por la vergüenza que causaban. Se imponían siendo ellos mismos.

Max les admiraba por ello. Sin embargo, se sintió agredido por su estridencia.

—¿Nos vamos? —sugirió a Julie—. ¿Un helado Berthillon, en ese café con vistas a la plaza de Vosges?

—Esperemos que sea más tranquilo —respondió, mostrando con las manos que su cabeza estaba a punto de estallar.

Cuando salieron del restaurante, giraron a la izquierda por la calle de Rosiers. La acera estaba atestada de colas en los mostradores de falafel y de estudiantes sentados en los escalones de los escaparates de las tiendas de ropa.

Un joven, pegado a una pared, tocaba versiones de The Smiths con su guitarra. Max se sentía más joven cada vez que las oía. Casi podría bailar en la calle al ritmo de *This Charming Man*, pero contuvo su entusiasmo. Sin embargo, mostró su gozo depositando una moneda en el sombrero a los pies del cantante.

Cuando se levantó, Julie estaba delante de una placa conmemorativa de las víctimas del atentado del restaurante Jo Goldenberg.

Max le había puesto la mano en el hombro.

—¿Nos vamos? —le preguntó.

—¿Te lo puedes creer? Estas personas iban a cenar como nosotros, un día cualquiera. Y murieron.

Su voz temblaba. Su emoción parecía algo excesiva.

—Era la hora de comer, no de cenar, creo —bromeó Max para relajar la atmósfera—. Al menos no murieron envenenados por el chef.

—No tiene gracia, Max. Sabes exactamente lo que quiero decir. Un día estás vivo, comiendo un *shawarma*, pensando que tienes tiempo, y al siguiente estás muerto antes de terminar tu *baklava*.

—Claramente, ¡fue el azúcar lo que te mató!

Julie le dio un codazo. No quería que convirtiera en una burla aquella conversación.

—¿No te produce ansiedad?

Max no tuvo tiempo de responder. Julie continuó, buscando otro ángulo de ataque:

—Es importante considerar la propia muerte. Al menos para los que quedan. Por ejemplo, ¿tú quieres donar tus órganos?

—Por qué no.

—No es una respuesta muy satisfactoria. ¿Es un sí o un no? Para mí, es un claro sí.

—Sí, chef —gritó Max, con su mano en posición de saludo militar.

Ella le bajó el brazo con gesto autoritario.

—Necesito hablar de ello. Imagínate: sufro un derrame cerebral, me disparan o tengo un accidente de coche. Acabo en estado vegetativo. ¿Me dejas vivir? ¿Pides que me interrumpan el tratamiento?

Julie miró buscando a Max. Pero estaba en otra parte.

Esa conversación había reabierto viejas heridas.

La madre de Max había muerto en un accidente, o más bien en una desgracia. Un hombre había perdido el control de su coche en el mercado mientras ella compraba en la frutería. Su madre no pudo evitarlo. Murió horas después. El conductor también.

Aquel día, Max comprendió que el riesgo estaba en todas partes, todo el tiempo, y que un adiós podía esconder una despedida definitiva.

Lejos de ayudarle a prepararse para su propia muerte, esa tragedia había hecho a Max aún más alérgico a cualquier discusión sobre el tema.

Julie prosiguió con otra pregunta:

—¿Deseas ser incinerado?

—No es algo que me importe. Los muertos ya hacen bastante daño marchándose. No van también a decir a los que se quedan cómo actuar.

Los ojos de Max se habían empañado. Julie le había cogido la mano y le había besado en la mejilla, murmurando:

—Lo siento. Comprendo que esto te entristezca. Pero tendremos que hablar de ello algún día.

—Algún día... Pero ahora no, por favor.

Nunca habían vuelto a hablar de ello. ¿Qué había hecho Julie cuando se enteró de la muerte de Max?

El recuerdo de la dulzura de aquella tarde de verano, de los olores especiados de las pastelerías yidis, de Julie acurrucando la cabeza en su cuello le tornaron muy melancólico.

Casi se había olvidado de dónde estaba. Sus compañeros de mesa habían estado pendientes de cada una de sus palabras. Empezó a hablar de nuevo como si nada hubiera pasado, como una caja de música a la que se le hubiera dado cuerda de nuevo.

—Fui un cínico. Julie quería conocer mis últimos deseos. Yo pensaba que los cementerios y los funerales habían sido creados para los vivos.

—Yo no quería que los niños se ocuparan de los detalles macabros. Lo planeé todo, hasta la elección del ataúd —explicó Odile.

—En realidad, no pensé que fuera posible que muriese... —dijo Max—. Creía que tenía tiempo.

Se limpió la nariz con la manga.

La señora Schmidt se inclinó hacia él, turbada por sus últimas palabras.

—¿Te creías inmortal?

—Lo que quería decir es que no me imaginaba mi muerte. Y pensaba que me convertiría en polvo, en paz, en la nada. También el alma. Y no que estaría aquí con vosotros, hablando de literatura en el más allá. Fui tan ingenuo. ¡Pensaba que la muerte sería más fácil que la vida!

Odile notó la incomodidad de los dos guías ante la angustia de ese recién llegado. Le recordó a Henri, su hermano menor, cuando regresó de la guerra de independencia de Argelia. Estaba totalmente aturdido. Arrastraba su desconcierto, todo le parecía irreal salvo los camaradas que murieron en el frente. La vida en casa era igual y diferente al mismo tiempo, mientras que él ya no era el mismo. Sus noches quedaron marcadas para siempre por lo ocurrido.

—Para los que son creyentes, el choque debe ser duro, ¿verdad? —preguntó Odile—. Esperar el purgatorio, el paraíso, el juicio final, y luego llegar aquí...

—No sabes lo difícil que es —dijo Theo—. Para los más espirituales es muy difícil. Demasiada preparación, demasiada proyección, es perjudicial. Nadie imagina que su dios pueda ser tanto un aprendiz de escritor como un Victor Hugo.

Max tenía una abuela que era una devota creyente. Para ella, la vida era una suma de pecados que expiar, que confesar.

Había vivido en condiciones difíciles y experimentado el éxodo de 1940. Había pasado por esas pruebas con la convicción de que facilitarían su entrada en el cielo.

Aún no había muerto. Era lo mejor para ella. No se atrevía a imaginar su decepción.

—Pero no negaré la utilidad de las religiones —añadió la señora Schmidt—. Preparan a sus seguidores para la idea de la vida después de la muerte. Hemos observado que aquellos que pensaron en la muerte mientras vivían, que se preguntaron por ella, son más capaces de afrontar su llegada aquí. Es como si ser consciente de la propia muerte facilitara la apertura a este universo, al mundo de las posibilidades, de lo imaginario.

Y abrió los brazos de par en par, como una actriz de teatro.

—Por no mencionar que la idea de una vida futura motiva a la gente a comportarse bien en el mundo —añadió Theo—. Si la gente temiera más a las divinidades, quizá sería un poco menos destructiva con los recursos que le ha dado la madre naturaleza.

—Finalmente, estamos muertos. ¿A quién le importa el planeta?

—Pero allí todavía tienes seres queridos, y desde aquí puedes remover las conciencias de la gente —replicó la señora Schmidt—. Como Victor Hugo con *Los Miserables* o Voltaire con *Cándido*.

—O Émile Zola —añadió Odile.

Max había descubierto a Zola en la escuela. Había leído *Germinal* con exaltación. Gracias a esa novela se había interesado por la historia de su abuelo. O quizá fuese al revés.

Cautivado, había apoyado a esos trabajadores en su huelga por una sociedad más justa, como su antepasado. Pero Max no aceptó el sabotaje de la mina por parte del anarquista Souvarine, que provocó el derrumbe de las minas, matando a los obreros.

En su examen, resumió sus impresiones de la siguiente manera: «Honro la justicia. Odio el extremismo».

Estaba seguro de una cosa. No podía imaginarse a sí mismo en una novela naturalista. La faceta de observador del autor, describiendo las duras condiciones sociales de su época, no le atraía en absoluto.

Realmente no veía ningún género que encajara con él.

—Al menos tú, Odile, dudas. Yo ni siquiera dudo —dijo Max temblando, debido a su camisa empapada.

La señora Schmidt se volvió hacia la anciana:

—Odile, has mencionado las novelas históricas. ¿Alguna otra posibilidad?

—¿Sabes? Mi nieta, Lily, un encanto, solía venir a verme todos los miércoles. Leía novelas románticas, pero no viejas y aburridas. Historias atrevidas, muy atrevidas... Por supuesto, no le decía nada a su padre. ¡Mi hijo es tan anticuado!

21

Ni Max ni los guías entendieron la conexión entre la nieta y las historias «subidas de tono».

Se miraron con escepticismo, esperando la siguiente parte de lo que parecía una confesión de la anciana.

—La primera novela que me prestó fue *Cincuenta sombras de Grey* —dijo Odile, ruborizándose—. Es la historia de una joven brillante que se enamora de un multimillonario con una moral...

Buscaba las palabras. No se debía a ningún atisbo de senilidad, simplemente no sabía cómo describir ese tema.

—¿Inusual? —añadió la señora Schmidt.

—Sí —respondió la anciana, sonriendo—. Exactamente, una insólita historia de amor.

—Bastante visual también... —añadió la señora Schmidt para dejar claro que sabía de lo que hablaba.

—Te quita el polvo —exclamó Odile—. Están muy bien equipados los amantes de hoy.

Theo, divertido, sonrió. Max empezó a sonrojarse. No conocía ese libro, pero la combinación de las palabras —amor, inusual y equipado— le incomodaba.

Max no era un mojigato, pero en casa no se hablaba de esas cosas.

—¿Lo has leído? —preguntó Odile a la señora Schmidt.

—Sí, leo de todo. Forma parte de mi papel. Tengo que estar al tanto de las tendencias. Esa saga erótica ha sido un gran éxito —dijo la señora Schmidt, dirigiéndose a Max y Theo.

—Es un poco como el tramo final, nocturno, de un telefilme, supongo. Mal escrito y actuado, pero ayuda a conciliar el sueño —comentó Max en voz alta, arrepintiéndose al instante de lo que había esperado que fuera una ocurrencia.

Max se había creído muy listo. Había imaginado que allí, en el mundo de los muertos, la gente se burlaba de la literatura «fácil» y que crearía una cierta complicidad intelectual con los guías. Ante el rostro avergonzado de la anciana, se sintió pequeño, incluso ridículo.

Con la mirada baja, ella reconsideraba esa trama tejida con hilo blanco. Eso no le había impedido disfrutar leyendo la mencionada saga, y luego otras similares. Había reído, llorado, amado. Pero sentía vergüenza al respecto, a pesar de su edad o justamente debido a ella.

La señora Schmidt fulminó a Max con la mirada.

—No estoy segura de entender tu comentario, Max —replicó secamente—. Aquí no hay pequeñas obras, pequeños autores o pequeños lectores. Sólo hay autores y lectores. Y cuantos más lectores se vean satisfechos por un autor, más significativo será nuestro trabajo.

Acto seguido tomó la mano de Odile.

—Elijas lo que elijas, encajarás —afirmó—. Sólo puedes ser una gran fuente de inspiración. ¡Cualquier autor luchará por ti!

Ella le guiñó un ojo, lo que selló su complicidad.

Max dio una patada al suelo y levantó la cabeza, avergonzado. Una tensa sonrisa de niño al que han pillado haciendo algo mal afloró en su rostro.

Lo cierto es que estaba ofendido. En primer lugar por él mismo y su comentario inapropiado y despectivo sobre la calidad de la lectura de Odile. En segundo lugar, por el comentario de la señora Schmidt. Ella había sido mucho más alentadora con la anciana que con él. No le había dicho que cualquier autor lucharía por él. Al contrario, le había amenazado con que acabaría en un fragmento de poesía en el metro o, peor aún, en una farsa.

Odile estaba llena de energía, al contrario que Max. A él también le habría gustado oscilar entre dos géneros que le gustaban. Como no le gustaba nada en particular, ni siquiera sabía entre qué oscilar, y eso era mucho más deprimente.

—¿Y si en lugar de convertirme en un personaje de ficción, me convirtiera en un guía como usted? —preguntó.

22

El bocado que acababa de tomar la señora Schmidt se le atragantó. Se golpeó el pecho con la mano izquierda. No esperaba que Max fuera tan ambicioso.

—Necesita gente con dedicación, ¿no? ¿Por qué no yo?

Theo miró a la señora Schmidt. Era el momento de calmar la curiosidad de sus indecisos, sobre todo la de Max. Ellos también se habían hecho preguntas.

—Max, tú no decides ser guía. Te eligen —dijo la señora Schmidt.

—¿Cómo? —preguntó Max.

—Todos tenemos en común que fuimos indecisos por diferentes razones —respondió Theo—. Bloqueo psicológico o literario. Demasiada lectura o muy poca. Dudando entre distintos géneros, como Odile, o totalmente perplejos, como tú, mi querido Max.

—¿Y vosotros dos? —preguntó Max.

La señora Schmidt y Theo bajaron la mirada. No dirían nada más. Al menos no en ese momento.

—En principio, la persona indecisa que no se decida al final de la jornada será llevada automáticamente a una sala de espera —resumió Theo—. Así se evita el desuso de los géneros.

—La señora Schmidt me lo explicó —le cortó Max—. ¿Y tú?

Los dos guías se miraron con complicidad.

—Quedó disponible un puesto de guía y nos lo ofrecieron —dijo Theo.

—¿Y «os» pusieron el anuncio en Internet? —se rio Max.

—¡Aún no se ha inventado un Internet para los muertos, querido Max!

—¡*Touché*! —respondió Max—. Pero hay muchos criterios de selección...

—En primer lugar, querer ser guía —respondió su antigua profesora.

—Por supuesto —dijo Max.

—A veces es mucho más engorroso de lo que imagináis los novatos —continuó—. Porque significa tener una plena conciencia de tu vida anterior sin volver a encontrarla.

—¿Como estar viva mientras todas tus amigas están muertas? —preguntó Odile.

—¡Peor aún! —exclamó Theo—. Imagínate sedienta en medio del desierto. Estás poniendo tu última moneda en un dispensador de bebidas. La botella de agua se atasca al bajar. Por mucho que agites la máquina, no cae nada.

—Huele a experiencia —bromeó Max.

—¡Huele como estar de guardia en el hospital!

Sin embargo, no era momento para el humor, como indicó el tono profesional de la señora Schmidt:

—Luego hay que querer ayudar a los demás, comprender por lo que están pasando —afirmó.

—Lo sabía —refunfuñó Max. Volvió a dar una patada al suelo—. No tengo ninguna posibilidad. No fui profesor, ni médico, ni bombero.

—En absoluto, Max —respondió la señora Schmidt—. No es una cuestión de profesión ni de cualificaciones. Aquí se juzga el alma.

Max se encogió de hombros. No había visto suficiente bondad como para darle crédito.

—¿Y haces esto toda tu vida? —preguntó Odile.

Los otros tres se miraron. ¿De qué vida estaba hablando?

—Quería decir por un tiempo limitado —precisó Odile, que se había sonrojado por su metedura de pata.

—¿Si logras tus objetivos te reencarnarás en la Tierra? —continuó Max.

—No, nunca. La vida ya no existe para nosotros —respondió la señora Schmidt.

—Cuando consideremos que ha llegado nuestro momento, podremos incorporarnos a algún tipo de sala de espera —completó Theo.

—Seamos claros —concluyó la profesora—. Nuestra indecisión no es el motor de nuestra selección.

Max asintió. Vio una posible salida. Pero su naturaleza cautelosa se impuso.

—¿Tiene alguna desventaja ser guía? —preguntó—. ¿Aparte de recordar tu vida pasada?

—Cuando uno se convierte en personaje de una novela, la vida que tenía antes se desvanece y, con ella, su cuota de remordimientos, tristeza y nostalgia. Literalmente, se escribe una nueva página. Al ser un guía, conservas tu personalidad.

—Incluso diría que se multiplica por diez —añadió Theo—. Es mejor no estar deprimido.

—En principio, este tipo de perfil no es escogido —añadió la señora Schmidt.

—Algunas personas hacen trampas. Mireille, ¿te acuerdas de Joseph?

—Un antiguo psiquiatra —explicó ella—. Pensó que podría encontrar un camino de vuelta a la Tierra convirtiéndose en guía.

Max se imaginó a ese pobre diablo corriendo de un lado a otro, buscando una puerta trasera en el tronco de un árbol, trepando por un tejado para encontrar una claraboya en el cielo.

Ningún tobogán, escalera o ascensor les devolvería a la Tierra.

Max también advirtió que se estaba imaginando ese mundo físicamente por encima de los vivos. ¿Y si estuviera debajo, o en otro planeta?

La voz profunda y alegre de Theo le sacó de su letargo.

—Tras una semana de trabajo, Joseph no pudo soportarlo más. Acompañar a los indecisos cuando se desea escapar es complejo.

—Aun así consiguió engañaros —comentó Odile.

—No sé quién engañó a quién —respondió Theo—. El pobre se ha vuelto suicida, sin suicidio posible...

—Acabó eligiendo un género —apostilló la señora Schmidt—. Las novelas de guerra.

—En su práctica psicoanalítica, se había especializado en los supervivientes de los campos de exterminio —añadió Theo—. Me pregunto adónde habría ido si realmente hubiera podido elegir.

—¿De verdad? —preguntó Odile.

—Sí. Si su elección hubiera sido libre, y no dictada por el pasado, por lo que había marcado su vida.

Los dos guías parecían alegres a la vez que molestos por el pobre Joseph.

—No, de verdad. Ser guía es difícil porque no puedes encariñarte —concluyó Theo—. Las almas pasan: las de los indecisos, pero también las de los otros guías. Como en cualquier trabajo, se crean afinidades con los compañeros. Luego, un día no los vuelves a ver. Han desaparecido.

—Te hace preguntarte por qué aceptaste —preguntó Max, falsamente ingenuo.

23

Max había hecho una pregunta pertinente para la que no tendría respuesta. Al menos, no en ese momento.

Porque entonces, súbitamente, un conejo azul saltó sobre su mesa. Una niña con coletas rosas tiró del pelo de la señora Schmidt. Y frente a su mesa, un león con ojos en forma de corazón besó a una jirafa con un cuello que se enroscaba sobre sí mismo.

Oyeron un zumbido que se dirigía hacia ellos a gran velocidad.

Era una horda de niños con pantalones cortos y boinas azul marino que entraba gritando: «¡Al abordaje!»

Dos bandas empezaron a luchar lanzando piedras. Nuestros cuatro compañeros tuvieron que agacharse para evitar los proyectiles.

—Juro que no he sido yo —repitió Max.

La señora Schmidt le tendió la mano.

—Cálmate, Max. Se detendrán.

Efectivamente, el conejo azul se desdibujó y luego se agitó y desapareció. La niña de las coletas y todos los demás niños también se desvanecieron en el aire.

La señora Schmidt carraspeó antes de hablar:

—Cuando un guía y un indeciso piensan al mismo tiempo en una obra, esta aparece en su realidad... y contamina la realidad de las personas que viven allí en ese momento, ¿no es así, Theo?

Theo parecía confuso, como si le hubieran pillado.

—Tuve una visión —explicó—. El cuento que le leía a mi hermana pequeña. El de la jirafa y el león enamorados.

—Y a mí, cuando mencionásteis la Segunda Guerra Mundial, me vino a la mente *La guerra de los botones,* de Louis Pergaud —murmuró Odile—. Se lo leía a mi hija. Luego pensé en mis nietos, en sus libros ilustrados. También había una historia de amor entre la jirafa y el león.

La señora Schmidt sonrió comprensiva.

—¿Qué significa esto? —preguntó Max.

—Son recordatorios —respondió la señora Schmidt, mirando fijamente a Theo—. Aquí estamos en transición. También los guías. El objetivo es llegar a un género, inspirar a un autor. Esas intervenciones son inspiraciones a escala humana, por así decirlo.

Esta idea angustió a Max, cuyos pensamientos no siempre coincidían con su pertinencia. ¿Cuántas veces se había arrepentido por hablar demasiado rápido? Sería todavía peor si todo lo que se le pasara por la cabeza pudiera ser utilizado en su contra.

Theo se balanceó en su silla para captar la mirada de «su» indecisa.

—Pero la intervención sólo se produce cuando hay un pensamiento poderoso. Odile, ¿también albergas dudas con la literatura juvenil? Como madre, abuela y bisabuela, no sería incongruente que considerases ese género.

—No había pensado en ello —respondió la anciana, aún afectada por lo sucedido—. Soy demasiado vieja para la juventud... ¡Como para las historias sentimentales!

La señora Schmidt se acercó a ella para mirarla directamente a los ojos.

—Odile, la edad no tiene nada que ver con la inspiración. ¡Algunos jóvenes están más secos creativamente que el tronco de un árbol alcanzado por un rayo!

Odile soltó una risita. La señora Schmidt continuó con vehemencia, mirando fijamente a los dos indecisos:

—Olvidaos de todos los límites que os ha puesto la vida. Aquí sólo cuenta vuestro ser. ¡Mirad a Roald Dahl o a J. K. Rowling! ¡*Matilda* y *Harry Potter* son obras de autores adultos, bien maduros!

—Hay una línea muy fina entre la fruta madura y la podrida —dijo Odile.

—Con una réplica así, aún hay margen —bromeó Theo.

—Y lo mismo ocurre con las historias de amor inspiradoras... —concluyó la señora Schmidt, sin detenerse en contestar a la anciana.

Max no podía decidir si en ese mundo estaba dando la imagen de una profesora erudita, casi condescendiente, o si se trataba de un rasgo de su personalidad.

—A tu edad, Odile, debes tener mucha experiencia en muchos ámbitos —añadió Max.

Las mejillas de la anciana se sonrojaron. Max había metido la pata otra vez; «metió la pata», como su madre le decía tan a menudo a su padre. Por un momento se sintió como si realmente estuviera metiendo «la pata» en alguna parte. Se echó hacia atrás por puro reflejo. Todas esas expresiones imaginarias que iban tomando forma en la mente de Max le estaban perturbando.

Afortunadamente, los demás no se habían dado cuenta de nada.

—Nadie te juzga —dijo Theo—. Al contrario, aquí somos conscientes de que todo el mundo tiene capacidades insospechadas. Y esto es así independientemente del origen social, la historia personal o los logros profesionales de cada uno. La imaginación no tiene límites.

Los ojos de Odile mostraron su confusión.

—Fue como un sueño —dijo la anciana, aún cautivada por la exuberante colección de animales.

—En cierto modo, es un sueño —respondió Theo—. ¿Para qué crees que sirven todas esas horas de tu vida que pasas durmiendo?

—No entiendo la relación con el sueño. A mi edad soy un poco lenta —se disculpó con una sonrisa avergonzada.

—Yo tampoco lo entiendo —añadió Max—. Y por si te hace sentir mejor, de haber podido envejecer hasta tu edad me habría gustado ser tan valiente como tú.

La señora Schmidt y Theo se miraron, gratamente sorprendidos por la cortesía de Max.

—Toda la vida, todos los días, pasamos muchas horas durmiendo y teniendo sueños, a veces pesadillas —explicó Theo—. A menudo nos olvidamos de ellos. A veces los recordamos porque son extraños, o porque nos hablan.

—Nunca he sido capaz de recordar mis sueños —dijo Odile, cuyos ojos ligeramente cerrados delataban su extrema concentración.

—No pasa nada —dijo la señora Schmidt con una sonrisa amable—. Incluso sin recordarlos, sabes que algo está ocurriendo en otro lugar, en otra realidad.

La anciana asintió. Max se inclinaba para captar mejor la conversación. Tenía el cuerpo estirado como esos bastones que usan los periodistas en las ruedas de prensa.

—En la vida, el sueño nocturno sólo sirve como preparación para lo que estás experimentando ahora. Te permite acostumbrarte a las distorsiones de la realidad, salir de tus hábitos supuestamente lógicos —explicó Theo.

—El sueño abre el camino al universo de posibilidades y, por tanto, a la novela —comentó la señora Schmidt.

—Hace falta demostrarlo —concluyó Max sarcásticamente.

Theo lanzó una mirada cómplice a la señora Schmidt. Odile tuvo que tomarse un tiempo para pensar en lo que quería. En cuanto a Max, aún intentaba comprender lo que estaba ocurriendo. Sería un largo camino.

Theo sugirió a Odile dar un paseo. Ella susurró:

—Si no puedes pensar, camina. Si piensas demasiado, camina. Si piensas mal, vuelve a caminar.

Los demás se miraron, contentos, desconcertados.

—No es mío.

—Es de Jean Giono —dijo la señora Schmidt.

—¡Sí! Seguí su consejo y mi salud lo agradeció. ¡Hace mucho que murió! Quizá me encuentre con él —se rio.

—¡Quién sabe! —respondió Theo.

La señora Schmidt se volvió hacia Max:

—Caminemos también. El camino hacia la decisión aún es largo y el tiempo se acaba.

Odile susurró a Theo:

—Se parecen a Platón y Aristóteles, esos dos. El maestro y el alumno.

Nadie se dijo hasta la vista, ni hasta luego, ni tampoco adiós. Porque nadie sabía si volverían a verse, ni de qué forma.

Max empezó a imaginar una novela erótica en la que se enamoraría de Odile. La idea le repugnó. Si había un género que evitaría, sería ese.

Julie y él solían bromear sobre el grafiti de la puerta del garaje de un edificio cercano: «Nunca conoces realmente a la gente con la que te acuestas».

Esto era aún más cierto en una novela.

24

La señora Schmidt condujo a Max en dirección contraria a la que tomaron Odile y Theo.

Se encontraron paseando por una playa de arena típica de la costa atlántica, que tanto le gustaba.

Como en una película en la que se pasa de una escena a otra, Max había abandonado la terraza del polvoriento quiosco por aquella playa sin apenas darse cuenta.

Lo más absurdo era que ya no le conmovía. Podría haber imaginado que todo aquello era un sueño que se había convertido en una pesadilla. Pero las emociones que le recorrían eran demasiado reales para ser fruto de su propia mente.

En efecto, Max estaba realmente paseando por una playa con su difunta profesora. Sintió el aire fresco en la cara. Percibió elementos que no estarían allí en un sueño, como el lento movimiento de las nubes o esos diminutos cangrejos en la arena. Podía oler el mar.

Max y su guía habían abandonado su vestuario de la Belle Époque por atuendos más modernos y cómodos, de los años sesenta.

Reencarnaban el *glamour* de la pareja Kennedy. Pero sin asesinato. Ella con un pañuelo anudado a la cabeza, pantalones blancos y un jersey azul marino, y él con su camisa blanca arremangada hasta los codos y pantalones color beige. Sólo les faltaba un perro para completar el cuadro idílico. Max habría tirado un palo. El perro habría corrido. Habrían gritado: «¡En el agua no!». El perro habría vuelto empapado, satisfecho, y se habría sacudido junto a ellos. Habrían intentado escapar de esa ducha improvisada. Se habrían reído.

Frente al océano, habría estado su casa. Una de esas lujosas villas que se ven en las series americanas. Max habría vivido con la señora Schmidt. Habrían formado una pareja armoniosa. Una de esas extrañas historias de amor con las que uno se topa en la edad adulta, cuando ya no cree en el amor.

Una oleada de tristeza invadió a Max. No tenía perro. No tenía una relación con la señora Schmidt, y nunca la tendría. Ser guía era como ser sacerdote, significaba hacer un voto de castidad. Él lo intuía.

Se detuvo y se quedó mirando el mar embravecido que tenía delante.

—Señora Schmidt, voy a morir. Me voy a morir de tristeza.

—Max, es normal.

—No lo entiendo —dijo sacudiendo la cabeza—. Ya no entiendo nada. Simplemente no puedo hacerlo.

Se sentó en lo que acababa de convertirse en una duna, a sus espaldas.

—Max, estás de luto por tu vida. Por supuesto, cuando estás vivo nadie te enseña eso.

Las lágrimas volvían a correr por las mejillas de Max.

—¿Volveré a convertirme en una fuente?

—Depende de lo que sientas. No sé si esto te hará sentirte mejor, pero estás pasando por las etapas clásicas del duelo. La negación es lo que sentiste cuando llegaste. La ira fue esa bella escena en el quiosco.

Max murmuró. Nunca le había gustado que le llamaran la atención por sus tonterías.

—Luego la negociación... Como querer ser guía... Ahora la tristeza, esa ola depresiva que sientes. Y pronto será la aceptación.

—¿Cuándo?

—Esa es una buena pregunta.

—¿Cómo puedes estar deprimido si ni siquiera puedes suicidarte, si ni siquiera tienes una solución para poner fin a todo este circo? —dijo Max, recordando a Joseph, el guía suicida.

—Por eso esta etapa no suele durar mucho. Pero afrontar el duelo es un ejercicio nuevo para todo recién llegado.

Se sentó a su lado, enfrentándose con él a la ira del océano.

—Es hora de que te cuente cómo y por qué me hice guía.

Alguna manera, siendo la única cuestión que le importan: la atención por sus cuentos.

—Estoy... la necesidad... Estoy pensando en usted, Andrea, me importa esa ola de verdad por algúex... y creo... ser... la atención...

—Entendido...

—Tengo una buena pregunta...

—Algún otro puedes valer dehomido, el así que esta profesionalidad, si tú siquiera tiene una sombra para saber lo que ocurre... —dijo Maria, recordando, animar... así que su casa.

—Por eso esta cosa no suele decir mucho... Pero el origen el deseo es un esfuerzo muy parecido te a un llegado...

—Estoy a su que, en mi ejercicio con él a la red del origen.

—Es bien de que la suerte como y, por que me hice más...

25

—Ya lo he mencionado. Estuve muy enferma. Mi cáncer fue una batalla larga y agotadora. Mi marido estuvo a mi lado, pero ni siquiera él soportaba la lenta erosión... Me mataría si pudiera oírme.

Reprimió una pequeña sonrisa nerviosa. Max la observaba de perfil. Su pelo brillaba bajo la fría luz del sol.

—Nadie está preparado para morir, y mucho menos para sufrir. Créeme, cuando uno está enfermo piensa mucho en su propia muerte. Pero nadie te dice cuándo llegará. Te dicen que tienes que creer, que el estado de ánimo lo es todo, que debes aprovecharlo. Pero para eso se necesita energía. Estaba tan agotada que incluso ver la televisión me parecía una tarea insuperable.

—Para mí fue más rápido.

—Esa no es la cuestión, Max. Las comparaciones no tienen sentido. Te lo explico para que entiendas mi estado de ánimo cuando llegué.

Asintió con la cabeza.

—Esperaba verme por fin liberada, aliviada. Pero lo primero que se me pidió fue que hiciera una elección literaria. Era incapaz. Intelectualmente hablando, quiero decir. Más que eso, estaba indignada. Yo, que toda mi vida había luchado por aunar las artes, las épocas, los estilos. Hacer una elección. ¡Sólo una elección! Era impensable. Así que me negué.

—¡Así que estaba indecisa!

—Más que eso, ¡era una rebelde! Al final de mi jornada asignada, había decidido optar por el cantar de gesta.

—¿El cantar de gesta?

—*El Cantar de Roland,* ¿te suena?

—No, la verdad.

Max no conocía ni la obra ni el género.

—Es una historia en verso sobre hazañas bélicas. *El Cantar de Roland,* que data de la Edad Media, es el más conocido en Francia. Un género aún más vetusto que la farsa —bromeó.

A Max le hubiera gustado superarla con una respuesta sutil, pero era incapaz de hacerlo. Su cultura literaria contemporánea era ya muy limitada, así que habría sido una proeza para él ser ingenioso a partir de géneros extintos.

La señora Schmidt debió advertir su desconcierto.

—Es un género literario para profesores deprimidos, si lo prefieres —dijo, acomodándose el pelo detrás de la oreja.

—Entonces, ¿por qué lo eligió? Si dejamos al margen su lado depresivo —ironizó.

—Buena pregunta, mi querido Max. Era como si existiera yo y otra yo. La que pensaba y la que sufría. Y la que pensaba decía, después de lo que he sufrido, déjame mostrarte lo ridículo que es todo.

—¿Pero no lo hizo?

Max volvió la cabeza hacia la señora Schmidt. No se la imaginaba como alguien que cambiara de opinión fácilmente.

—No, gracias a mi guía. Deja que te cuente mi llegada.

Por primera vez, Max sintió que compartía con ella un verdadero momento de intimidad. La que se puede tener entre iguales.

—Aterricé en una espesa jungla, y, como todos los recién llegados, me encontré haciendo cola. Salvo que me encontraba en un embarcadero desde el que podía ver un río oscuro y maloliente. La clasificación la hacía un hombre vestido de médico que nos preguntaba qué tipo de persona éramos antes de subirnos a los botes.

—Para usted, el Amazonas. Y para mí, mi vieja escuela.

—Sí, cada uno llegamos con nuestra propia percepción. Pero la lógica es siempre la misma. Siempre es un lugar emblemático en el que proyectamos nuestras ansiedades. Cuando trabajaba en cuidados paliativos, comparaba el hospital con una jungla y a los pacientes con animales salvajes.

—Y en ese lugar emblemático, siempre está el que hace la clasificación... Para ti, un médico, y para mí, el tipo con el quepis que parecía un policía.

—Sin olvidar a los que saben dónde embarcarse, y a los otros, los indecisos.

—Y tu guía...

—Sí. El mío era un anciano de origen italiano. No nos habíamos visto en la vida, no teníamos nada en común. Yo, una mujer de letras, me encontré con un hombre bastante rudo. Había huido de la pobreza de su Italia natal cuando era adolescente. Su tío, que trabajaba en Francia, le había tomado bajo su protección. Le había enseñado francés y el oficio de albañil. Se instaló en un pueblo de Borgoña donde se especializó en la renovación de antiguas bodegas. La región vinícola se prestaba a ello. Se casó con una chica del pueblo y tuvo tres hijas. Cuando se jubiló, fue nombrado alcalde, lo que vivió como una suerte de consagración.

—Un buen hombre, al parecer.

—Un hombre que sabía lo que significaba la renuncia. No había vuelto a hablar italiano. Ni una sola palabra. Se centró en aprender francés. Su nueva vida era francesa. Sus hijos se lo reprocharon más tarde. Pero para él, era la única manera de seguir adelante.

Mientras decía esto, la señora Schmidt cogió arena con la mano izquierda y la dejó fluir hacia su mano derecha.

—Debió sorprenderse cuando le expresó su deseo de integrar el cantar de gesta.

—Yo también lo pensé, pero no lo hizo. Se tomó mi elección con filosofía. Me dijo: «Mireille, ¡qué suerte para este género! Gracias a tu inteligencia, resurgirá de sus cenizas. Si todos los indecisos pudieran ser como tú. ¡Qué devoción!». Pronunció «devozione», una remembranza de sus orígenes.

—Fue halagador —comentó sobriamente.

—Sobre todo muy astuto por su parte. Porque añadió: «Es fantástico si el cantar de gesta te corresponde. A menos que sea una 'provocación'».

Resultó conmovedora en su intento por recrear el acento italiano, pero no muy convincente.

—Me miró con una expresión traviesa. Se parecía a Marlon Brando en *El Padrino*, la película de Coppola. ¿La has visto?

—¿Tienen derecho a referencias cinematográficas?

—¡No somos una secta!

Max sonrió. No era la impresión que había tenido cuando ella le había hablado de James Bond y de las reposiciones en la gran pantalla.

—Por supuesto. Siento haberla interrumpido. Así que la miraba como en *El Padrino*.

—Me dijo: «Aquí no hay nadie a quien provocar, nadie a quien escandalizar. Nadie que te compadezca o te culpe. Sólo estarás tú con tu elección».

Max observó cómo la señora Schmidt apartaba la mirada. Estaba reviviendo la conversación. Podía sentir su emoción, su garganta contraída, sus preguntas.

—Su guía parecía muy sabio.

—¡En efecto! Me hizo reflexionar sobre el error que estaba a punto de cometer. Cambié de opinión, y antes de que pudiera decidirme de nuevo, esta vez de manera definitiva, me dijo que gracias a esa charla había hecho su propia elección: ¡optaba por los cuentos filosóficos!

—¿Se ha ido?

—Ha encontrado su género, en cierto modo gracias a mí. Todos aprendemos de todos.

—Y su plaza quedó disponible.

—Sí, y me la ofrecieron. Su ayuda había sido tan valiosa... Consideré mi deber seguir su camino, ayudar a los indecisos.

—Ese papel le va bien.

—Eso espero. Pero pronto yo también me iré. Elegiré.

—¿Por qué?

—Cuando llegamos aquí, tenemos miedo de olvidarlo todo. Pero, con el tiempo, nos damos cuenta de que una vez que estamos en la novela, nuestra vida, nuestra experiencia, nuestro amor por nuestros seres queridos, nuestros valores... Todo lo que ofrecemos al autor perdurará para muchos lectores. Estos lectores aman a los personajes con tanto amor y sinceridad como el que se profesa a las personas más cercanas. ¿Conoces un gesto más íntimo que llevar un libro contigo, en el bolso, en la cama, en el baño? Pocos seres humanos comparten esta cercanía.

—Algunos libros nunca se publican... Sus personajes son enterrados con ellos. Asfixiados...

—Entonces a un autor se le habrá permitido crear, dar vida, memoria, también esperanza. Y no olvides nunca que lo que no se publica, siempre puede publicarse. Y la obra que es rechazada por la crítica o por el público puede conocer más tarde un éxito sin precedentes.

—¿En quién está pensando?

—En Boris Vian y *La espuma de los días*. Supongo que lo conoces.

Max asintió, aunque el tono de su pregunta le había irritado. No era un licenciado en literatura. A veces olvidaba algunas referencias, pero aun así, tenía un mínimo de cultura general.

—¿Sabías que incluso con el apoyo de Jean-Paul Sartre, el libro fue un rotundo fracaso? El éxito llegó mucho más tarde. Y Boris Vian no tuvo la oportunidad de disfrutarlo.

Max sintió que se le hacía un nudo en el estómago. Algo le preocupaba, no podía decir qué era.

—También hay novelas que son fenómenos de moda. Existen durante un tiempo y luego se olvidan —afirmó.

—Tienes razón, Max. Todo es posible. E Internet ha cambiado la escritura, su distribución. Lo que no ha cambiado es la necesidad del autor de compartir su texto con otros. Esa comunión entre un novelista y sus lectores es mágica. Y todo esto es, en buena parte, gracias a los personajes, gracias a lo que son, a lo que transmiten.

Max no sabía qué extraer de esa conversación. ¿Que la muerte no era tan mala? ¿Que el olvido era el futuro?

A lo lejos vio barcos; no, portaaviones. El sonido de las ametralladoras le sobresaltó. Aviones militares pasaron casi rozándoles. Aquella playa era la del desembarco de Normandía.

Max, con sus tirantes en la camiseta interior, y la señora Schmidt, con su blusa de lunares y su falda plisada beige, se habían dejado caer en un escenario de guerra que no era precisamente el suyo.

26

—Señora Schmidt, ¿qué está pasando? —dijo mientras se acurrucaba en una duna.

—De nuevo tus pensamientos, mi querido Max. Son fuertes, demasiado fuertes. Esto no es normal.

El pelo de la señora Schmidt tenía ahora ondulaciones. Esta vez habían aterrizado en los años cuarenta, Max estaba convencido de ello.

—¡Disparos!

—Exactamente, Max. Freud dijo: «El Ello es la parte más oscura e inaccesible de nuestra personalidad».

—¿Cree que es un buen momento para jugar a los psicoanalistas?

Max agarró con fuerza la mano de la señora Schmidt y empezó a correr. Ella intentó seguirle, pero no paraba de tropezarse.

Los escuadrones habían removido tanto la arena que ya no se podía distinguir el cielo de la tierra. Les escocían los ojos. Luchaban contra las ráfagas de viento.

La señora Schmidt se detuvo.

—Hay que seguir adelante —afirmó él.

—No, tienes que parar, Max. Tienes que hacer que «esto» pare.

Un soldado les saludó desde un búnker semienterrado en la arena. Se refugiaron allí.

El hombre, en uniforme de combate, se mostraba indiferente, incluso relajado. Les ofreció un cigarrillo.

La sangre en las paredes sugería una escena de carnicería. Max no tardó en darse cuenta de que el hombre estaba herido en el costado izquierdo. Se ofreció a ayudarle, pero el hombre se negó:

—¡En la guerra como en la guerra!

Fuera, se oyó una sucesión de detonaciones. Procedían de fusiles, granadas o morteros, Max no podía distinguirlo. Pero su anfitrión tenía razón: era la guerra. Y ellos estaban en medio de ella.

Sin embargo, nada pareció alterar al soldado, que salió al exterior mientras realizaba un saludo militar.

—Va directo al paredón. La guerra vuelve locos a los hombres —dijo Max, consternado.

—No me pareció un tonto —respondió la señora Schmidt—. En su caso, está haciendo lo que cree que es correcto para él, para su conciencia. Hace falta valor.

—No hay nada de valiente en lanzarse a la boca del lobo.

—Es valiente seguir tus valores. Los suyos son luchar junto a los suyos.

Max alzó la mirada al cielo. Era obvio que la muerte se le había impuesto. El cáncer era un hecho estadístico, una cuestión del destino. No era el caso de Max. Su muerte era de las más evitables. Si tan solo se hubiera detenido en la primera parada de descanso, en lugar de conducir obstinadamente por la autopista en medio de una tormenta...

Fuera del búnker se oían gritos de animales a los que arrancaban la vida. Esos hombres ya no eran realmente hombres. Habían vuelto al estado de naturaleza, pensó Max.

Le pareció oír la voz del soldado. Sonaba más bien como un rugido. Había pisado una mina, estaba seguro de ello. Ese sería su último salto.

El ruido era cada vez más opresivo. Max temió que el búnker volara como la casa de paja de los tres cerditos y que les bombardearan. Cualquier cosa era posible en esa otra vida.

Salir y huir, o quedarse y quedar atrapado. Eso resumía, al menos, su vida laboral. Dimitir sin saber los riesgos que corría. O permanecer encerrado en una jaula dorada.

Su último ascenso se asemejaba a un encierro final. Todas las responsabilidades que le presentaban como un paso adelante, todos los sacrificios que le imponían de manera indiferente, habían pesado fuertemente sobre sus hombros.

—¿Qué significa esta playa para ti, Max? —preguntó la señora Schmidt con un tono de voz relajado.

La calma que mostraba inquietó a Max. Se preguntó si ese papel de guía la había hecho perder la cabeza.

La señora Schmidt le dio una ligera patada en la tibia.

—Dime, Max, ¿qué significa esta playa para ti?

—Estas son las playas del desembarco de Normandía.

—Un lugar de memoria...

—¡Por supuesto! —dijo, molesto—. Aquí murió mucha gente durante la Segunda Guerra Mundial. Como ese soldado. ¡Usted era profesora de Literatura, no de Historia, pero debe tener algunas bases!

—Max... Me he expresado mal... ¿Este lugar representa algo en tu memoria personal?

—Solía venir de pequeño. Pasábamos las vacaciones junto a Omaha Beach. Las cenizas de mi abuelo fueron esparcidas aquí. Si quiere saberlo todo, no llegué a conocerlo. Pero siempre tuve la sensación de que podía sentir su presencia aquí.

—Eso no es habitual.

—Pasó su vida en las minas. Murió allí. Fue él quien pidió que sus cenizas se reunieran con los que habían luchado por la causa, como él.

—¿Estaba implicado políticamente?

—Mucho. Fue un sindicalista precoz, un defensor de los oprimidos. Tenía carné del Partido Comunista.

En el momento en que Max dijo esto, los aviones enmudecieron. El búnker desapareció. No solo el techo, toda la construcción.

27

Max estaba de nuevo en la arena, rodeado de dunas, en medio de una fuerte tormenta. Había vivido una similar en Sudáfrica. Vientos del norte que arrastraban arena del Sáhara. Como aquel día, le escocían los ojos, se le secaba la boca, le picaban los oídos. Estaba desorientado.

Tocaba el aire en busca de su profesora. No estaba allí.

Gritó. Ella no respondía. ¿Le había abandonado?

Dejó de correr. Se sentó.

No lloraba. No sentía nada.

Ya no buscaba luchar. Se rendía. Acabaría enterrado, encogido sobre sí mismo.

Estaba seco. Sí, seco. Eso lo definía bien. Su vida había sido una larga sequía. Su muerte fue igual. Encogido sobre sí mismo.

De repente, a lo lejos, vio la silueta de un niño. Con su pelo rubio al viento, Max pudo oír su risa jovial.

Era el Principito. Max no podía creer lo que veían sus ojos.

No se dejó engañar. Era una proyección de su cerebro, como habría dicho la señora Schmidt.

Realmente no debía tener cultura literaria para que el chico de los diarios y las fundas nórdicas le persiguiera en la muerte. A su madre le encantaba esa historia, pero a él no.

Había conservado la edición que le habían regalado cuando era niña. La blanda cubierta no había resistido del todo tanta relectura. La había remendado con cinta adhesiva.

Ella la había leído, la disfrutaba. Él menos.

A Max no le gustaba el personaje del hombre de negocios. «Yo soy serio, yo soy preciso», repetía. Ese hombre con el cigarrillo apagado, sentado en su escritorio, lo había perseguido en sus pesadillas infantiles.

Convertido en adulto, se preguntaba si ese temor no había sido una premonición. Como si una parte de él le hubiera advertido que no debía tomarse nada demasiado en serio.

Obviamente, este mensaje se le había escapado por completo. Se había tomado su trabajo muy en serio.

—Tienes que dar un paso atrás, Max —le había conminado Julie—. Te pasas la vida trabajando. ¡Perderás la salud!

Fue el día anterior a su muerte, cuando había regresado a casa a las diez de la noche.

—Tenía que terminar la presentación para la junta. Es para la mina de platino, la del norte de Sudáfrica.

—Ya la terminaste la semana pasada. ¿Cuántas veces piensas revisarla?

—Tantas veces como sea necesario. Los riesgos son demasiado grandes.

—¡El riesgo es que tú te pierdas en ella!

Max se puso rígido, con los ojos fijos en el suelo. En su mente nublada sólo podía distinguir a aquellos hombres y mujeres encorvados, tensos por el calor opresivo de la mina y las vibraciones incesantes. No quería tener parte alguna en la degradación de sus condiciones laborales.

—Es sólo un trabajo —añadió más suavemente, mientras se acercaba a él.

—¡Es mi trabajo! —respondió—. Es mi reputación. Lo que hago, lo que decido, tiene consecuencias para la vida de la gente.

—¿Estás seguro de eso?

Había cerrado de un portazo la puerta del salón y se había ido a la cama. Otra persona más intrépida que él se habría paseado por las calles de París durante toda la noche, ahogando su pena en bares y encadenando conversaciones metafísicas con otras almas perdidas. Podría haber acabado con una chica que estuviera tan borracha como él. Se habría culpado a sí mismo.

Pero Max se contentaba con su cama. Acurrucado, sus ojos ardían como en el desierto por el que vagaba el Principito.

De niño, Max no soportaba ni el principio ni el final de este cuento. Sólo podía tolerar la parte en la que el Principito se encuentra con el aviador en el desierto y su «dibújame una oveja».

Cuando su madre terminó de leérselo, el veredicto de Max fue rotundo:

—¡Es una basura! Primero abandona su rosa, después al aviador...

—Me gusta la historia entre el aviador y el Principito. Son amigos a pesar de ser muy diferentes.

Max había puesto la mirada en el cielo y le había entregado su preciado libro, concluyendo:

—No me gusta la gente que se va.

Una premonición muy real.

Porque eso era lo que se había dicho a sí mismo cuando su madre les había abandonado. Probablemente era injusto utilizar el término «abandonar», como si hubiera tomado la decisión consciente de marcharse. Sin embargo, así era como Max lo había vivido. Sólo tenía veinte años. Y ella cincuenta. No debía morir. Él aún la necesitaba. No todo el tiempo, pero sí un poco. Sobre todo cuando le pesaba la soledad en su cuarto, cuando dudaba de sus capacidades, cuando tenía el corazón roto. O ahora, en esa muerte insoportable cuyos códigos no comprendía.

Las lágrimas resbalaron por las mejillas de Max.

En ese desierto, en el que sentía que estaba desapareciendo, le hubiera gustado volver a ver a su madre y no a un personaje de cuento. Le habría gustado hablar con ella, disculparse por no haberla llamado más a menudo, simplemente para saber cómo estaba.

Su última conversación había sido breve. Ella quería saber si él vendría en Pascua. Pero aún no lo sabía, tenía que ir a clase. Había pasado una semana. No le había devuelto la llamada.

La arena empezaba a cubrirlo.

Podía oír la voz de su madre repitiendo la famosa frase del Principito: «Parecerá que he muerto y no será verdad...».

Max estaba muerto, y era cierto. Si no había cielo, al menos había encontrado el infierno. Y estaba a punto de abandonarlo, petrificado.

Quizá se lo merecía después de todo. Había descuidado a su madre, despreciado a su padre y abandonado a su novia.

Sin que se diese cuenta, los vientos amainaron. Un rayo de sol que se extendía hasta la arena blanca bajo sus pies le hizo cosquillas en la nuca. El mar turquesa estaba agitado por un suave oleaje. A su izquierda observó las palmeras que bordeaban la playa.

Esta vez debía de estar muerto de verdad. El paraíso, por fin. Toda la historia de la novela había sido una prueba. Sus remordimientos, su culpa, su melancolía, un pasaje necesario para purificar su alma.

Sonreía a la vida, no a la muerte, no al cielo... De hecho, Max no sabía a quién o a qué tenía que sonreír.

Aún estaba allí, y en un entorno edénico, eso ya era mucho.

—¿Te has calmado, mi querido Max? —oyó detrás de él.

Era la señora Schmidt, con un vestido largo de seda blanca.

28

—¿Está ahí? ¿Esto no ha terminado? Creía que había llegado al cielo.

—Eres tan infantil, Max. ¿Crees que puedes deshacerte de lo que no quieres como por arte de magia?

—¿Y por qué no? ¿Ha visto dónde estamos? ¿No es mágico pasar de una escuela a un hospital, a un jardín inglés, ver conejos azules, revivir el desembarco de Normandía, encontrarse en una tormenta de arena y acabar en una playa paradisíaca?

—No, no es magia. Es percepción.

Max se quedó mirando a la mujer de belleza madura. Se preguntó si sería realmente su profesora. Quizá era una intrusa que había adoptado sus rasgos, una extraterrestre incluso. Empezó a odiarla. Ella le molestaba. Ella y todo lo demás. La muerte en primer lugar, la literatura después y, por último, las diversas opciones.

Hasta la muerte era complicada...

Le cogió de la mano y lo guió a través de las olas. Max sintió la cálida brisa en el rostro. Unas cuantas gaviotas sobrevolaban el cielo.

—Hace un momento, en esa playa, te sentiste atacado, ¿verdad?

—¡No estábamos en esa playa! El canal de la Mancha nunca ha sido un mar cálido y cristalino.

Max hizo una pausa. «Cristalino» era el adjetivo de Saint Exupéry para describir la risa del Principito. ¡Cómo le estaba afectando la muerte!

—Y no me «sentí atacado» —dijo, haciendo el gesto de comillas—. Fuimos atacados. Estábamos en medio de una situación de guerra. ¿No me diga que para Vd. fue un carnaval?

Ella se calló y él se encogió de hombros mientras fijaba la mirada en sus pies.

Prefirió cambiar de enfoque:

—Cuando te conviertes en guía, te enseñan que tienes que conducir a los indecisos a través de sus gustos literarios, en retrospectiva. Con un poco de discusión, el indeciso elige su género de manera obvia. Este es el método clásico.

—¿Como con Odile?

—Sí, Odile necesita tomarse ese tiempo para pensar en lo que realmente quiere. Pero se decidirá fácil y felizmente con el corazón. Yo también he intentado llevar a cabo esta investigación contigo, pero esa labor no puede tener éxito porque estás bloqueando tus sentimientos.

—¿Qué sentimientos?

—Dímelo tú. Eres lo que llamamos un «indeciso traumático».

—¡Morir es traumático! —dijo Max, metiendo los pies en el agua.

Un pequeño pez brincó. Él se sobresaltó.

—No me refiero a la forma de morir, ni siquiera a la sorpresa de descubrir el «después». No, Max, hay algo más. Late un conflicto muy fuerte en ti. Tan fuerte que intentaste suicidarte...

—¿Suicidarme? ¿Porque me acobardé en una tormenta de arena? ¿Qué se suponía que debía hacer? ¿Cantar el *Himno a la Alegría*?

El tono de Max no ocultaba su exasperación.

—Hablaba del búnker, de la batalla en la playa.

—¡Está enferma! —insistió—. No fui yo quien se disparó. ¡Es increíble!

Max se había adentrado en el mar sin prestar atención. Sus pantalones beige absorbían el agua y se le pegaban a la piel.

—Sí, te creíste esa escena de guerra. ¿Qué hay en ti que esté en guerra?

—Estoy cansado. Estoy cansado de usted. Póngame donde quiera —dijo, continuando su camino hacia el horizonte.

El agua llegaba ahora hasta el pecho de Max. Se volvió hacia la señora Schmidt y gritó:

—¡No inspiraré a nadie! ¿No lo entiende? Era inútil cuando estaba vivo, así que muerto...

La señora Schmidt caminó hacia él como quien se acerca a un animal herido. Estaba decidida, pero se mostraba cautelosa.

—Max, no digas eso. Si persistes de ese modo, irás a una sala de espera, a cualquier sala de espera.

—¡No me importa!

—A mí sí. Sería un desperdicio. Eres una buena persona, siempre lo he sabido. De todos mis alumnos, eres el único que me han enviado.

Max volvió a mirarla. Apenas podía verla, estaba a contraluz. Entrecerró los ojos.

—Recuerdo el día en que luchaste por defender a aquel alumno, el del problema en la piel...

—¿Pústula?

—Sí, así le llamaban los alumnos. ¡Dios mío, qué crueles pueden ser los niños! Tú le defendiste. Tus amigos no lo entendieron.

—No era justo meterse con él. No era culpa suya que tuviera granos por toda la cara... ¡Me castigaron durante un trimestre!

—Lo vi todo desde la ventana de mi clase... Aquel día se confirmó lo que ya pensaba: eras un niño especial.

—¿Patético, quieres decir?

—Especial, fuera de lo común. Eres una persona empática. Te preocupas por los demás, por cómo se sienten. Eso es poco común.

Volvió a encogerse de hombros.

—Para tener éxito es mejor no tener demasiados sentimientos, créeme. Has estado ausente del mundo de los vivos durante demasiado tiempo.

—En absoluto. Y conozco el más allá mucho mejor que tú. No es casualidad que estés conmigo. Se me confían los indecisos con un gran potencial.

Max sacudía la cabeza como si las moscas revolotearan a su alrededor.

—Sí, Max. Todo es posible para ti. Todo siempre ha sido posible para ti. Pero tienes que aceptarlo... ¿Sabes lo que simboliza el agua?

—¿Las vacaciones? —respondió con ironía.

Buscaba las palabras. Temía que Max se ofendiera. Lo que ella no le había dicho era que se daba el peor de los casos. Podría acabar en un género que no le convenía y sería consciente de ello. Y en esas condiciones, las posibilidades de inspirar a un autor eran muy escasas.

La señora Schmidt se estremeció. Con esto en mente, todo estaba dispuesto para que Max averiguara qué le ocurría y pudiera tomar una decisión con conocimiento de causa.

—En el psicoanálisis, en la interpretación de los sueños...

Max puso los ojos en el cielo, pero ella no se dejó convencer:

—Cuando se sueña con agua...

—¿Acaso estoy soñando ahora?

—No me refería a eso. Aquí los mecanismos son parecidos a los de los sueños, como te explicó Theo. Tu mente vaga entre tus recuerdos y construcciones mentales, como en un sueño. ¿Me equivoco?

Max se encogió de hombros.

—El agua es un elemento vital, ¿no estás de acuerdo?

Suspiró.

—Por eso su representación onírica se considera una expresión de nuestro inconsciente, un catalizador de nuestras emociones profundas y también una evocación de nuestra madre original.

Max apenas podía oír la voz de la señora Schmidt. Unas ruidosas gaviotas sobrevolaban su cabeza. Miró hacia arriba. En la nube que pasaba rápidamente, vio la sonrisa de su madre.

—Max, háblame de tu accidente. Si se puede llamar accidente...

Con esas palabras, Max se dio la vuelta para buscarla. Quería interrogarla. ¿Qué quería decir ella con «si se puede llamar accidente»?

Las olas le frenaron.

Al instante, se encontró frente a un majestuoso ventanal con vistas a Nueva York.

29

Max podía ver su reflejo en la ventana, pero no le prestó atención, paralizado por la ciudad a sus pies.

Frente a él, Manhattan, atrapada entre el East River y el río Hudson, el Empire State Building, los rascacielos de Wall Street, el puente de Brooklyn. Al concentrarse, pudo ver también la Estatua de la Libertad, el símbolo por excelencia de la urbe.

El cielo crepuscular era incandescente. Aquel tono naranja y rosa le producía escalofríos incluso en la muerte. Max se preguntó si estaría presenciando, o más bien perdiéndose, el Manhattanhenge, esa época especial del año en la que los rayos del sol poniente se alinean perfectamente con el trazado de las calles de la Gran Manzana. Este fenómeno solía congregar a miles de personas en las calles de Nueva York varias veces al año. Max había oído hablar de él por primera vez cuando él y Julie visitaron el santuario prehistórico de Stonehenge, en Inglaterra.

Llovía tanto que tuvieron que coger el autobús de vuelta al aparcamiento. Se habían hecho amigos de un estadounidense, Steve, aficionado a la astronomía y la fotografía. Les aconsejó que lo observaran desde la calle 14. Dijo que las calles 23 o 34 también ofrecían una perspectiva interesante. «Un guiño del Nuevo Continente al Viejo», bromeó Max.

Se habían prometido volver a Stonehenge para el solsticio de verano. Contemplarían la salida del sol alineado entre las dos piedras del gran trilito, esa impresionante estructura de menhires. Luego, al año siguiente, irían a Nueva York para el Manhattanhenge.

En aquel momento Max no se había tomado en serio esa promesa. No es que no quisiera asistir a esos hitos, pero Max era pragmático. Las promesas que uno se hacía a sí mismo eran las que más descuidaba.

Ahora se sentía mal. Por sí mismo. Por Julie.

Se dio la vuelta.

La enorme sala contenía lo más sofisticado y atemporal del diseño moderno.

Un sofá esquinero de cuero blanco destacaba en el fondo de la habitación. Un ramo de ranúnculos blancos y rosa pálido reposaba sobre una mesa de madera clara. Las formas geométricas de la ciudad se reflejaban en una enorme mesa de centro rectangular.

En el otro extremo de la habitación, Max observó una gran estantería con libros dispuestos en columnas. Sobre un escritorio de cristal, una botella de whisky, tres vasos y una cubitera descansaban sobre una bandeja de plata.

El piso olía a nuevo, suave, nostálgico, futuro, barnizado, florido, femenino y masculino a la vez. En vida nunca había sentido tal equilibrio entre lo bello y lo real.

La señora Schmidt estaba acurrucada en una manta de cachemira dentro de un sillón beige con forma de concha. Llevaba un traje blanco, unos zapatos de tacón igualmente inmaculados que dejaban ver sus esbeltas piernas y unas pequeñas gafas de montura rectangular. Sostenía con ambas manos una taza de estilo americano de la que salía humo.

El atuendo de la señora Schmidt no sugería ninguna época en particular. Tampoco el de Max, pantalón y camisa blanca.

Navegaban en un retrofuturismo. Una conmovedora visión anticuada del futuro generada por ejecutivos publicitarios en busca de inspiración.

—¿Dónde estamos? —preguntó Max.

—Dímelo tú —respondió ella, echándose el pelo hacia atrás, detrás de las orejas.

Se acercó a ella y se sentó en el sofá, el único asiento disponible.

—Esta vista es de una foto. Julie la había recortado de una revista. La metió en el bolsillo de mi traje. La encontré justo antes del accidente...

Miró hacia la ventana. Continuó.

—Mi empresa me había ofrecido un puesto importante en Nueva York. Julie se estaba planteando dejar su consulta dental. Había empezado a fantasear con Estados Unidos. Estaba obsesionada con Nueva York. Woody Allen y Martin Scorsese eran los temas habituales de nuestras tardes de cine.

—¿Querías ir allí, Max?

Max le acarició la cara, luego el cuello. Le puso la mano sobre la boca.

—Señora Schmidt, no soy estúpido. Este lugar, su postura... Me está psicoanalizando.

Max no era como su padre, que pensaba que había que estar loco para gastarse el sueldo en hablar con alguien. Él comprendía que la gente podía sentir esa necesidad, aunque personalmente no la sintiera; no hablaba mucho, y aún menos de sí mismo. Incluso después de la repentina muerte de su madre, nadie se lo había sugerido. Y menos mal que no lo habían hecho, porque le habría parecido absurdo.

Cuando conoció a Julie, ella iba al psicólogo. Había sufrido una crisis nerviosa años atrás. Una ruptura amorosa brutal, según ella. La psicoterapia le había salvado la vida. Esas fueron sus palabras.

Max la creyó, pero lo que no entendía era por qué seguía yendo. Cada quince días, los jueves a las seis y media, Julie tenía «psicólogo» como otros tienen piscina, y nada podía hacer que faltara a esa cita. Tenía la sensación de que entrar en terapia era como entrar en un convento, algo sin perspectiva de salida.

Ahora pensaba que esta cita podría salvar a Julie por segunda vez. Ella, que ahora tendría que afrontar la repentina pérdida del hombre con el que compartía su vida.

—El análisis, la enfermedad, nada de eso existe aquí —le dijo.

Se quedó en silencio y luego se volvió hacia la ventana.

—¿Puedes ver la puesta de sol?

—Es espléndida.

—Sí que lo es. Esa es la señal de que se nos acaba el tiempo. Y es mi trabajo guiarte hacia lo mejor para ti.

—¿Que es...?

La pierna izquierda de Max temblaba ligeramente. La señora Schmidt dejó la taza y, sin dejar de sentarse, se acercó a Max.

—Aquí, más que en «la vida», decir, expresar, hablar, describir, en definitiva, poner palabras es esencial... Max, vas a reencarnarte en una novela, ¡a través de palabras!

Podía oír lo que ella decía, pero no tenía sentido para él. Podría estar hablando chino, ruso o cualquier dialecto.

—Acabas de recrear el escenario de una ciudad, Nueva York, en la que tuviste una oportunidad. No es una simple coincidencia. Todo surgió de ti, así que, por favor, contéstame, Max, ¿querías cambiar de trabajo, de vida?

Max renunció a luchar. Tenía más que perder que ganar si no participaba en el absurdo juego en el que estaba inmerso.

Se levantó. La señora Schmidt le animó con su benéfica sonrisa.

—Sí, quería cambiar de trabajo. Y Nueva York, por qué no. Pero no, no quería ese trabajo.

—¿Se lo dijiste?

—No.

Miró hacia sus pies como si el suelo fuera a abrirse bajo ellos.

—No hablaba mucho de mi trabajo en casa. Julie nunca supo...

—¿El qué?

—Que no podía soportar ese trabajo, nuestra vida, esas mentiras...

—¿Qué mentiras?

Se masajeó la frente.

—¿Realmente quieres saberlo?

30

—No soy yo quien tiene que saberlo —dijo la señora Schmidt—. Eres tú.

Max miró al cielo. Su pierna derecha empezó a temblar.

—Creo que ya lo sé todo —refunfuñó, poniéndose en pie—. Nadie te dice lo que es ser adulto.

—¿Y qué significa para ti ser adulto?

Ella no intentaba entablar conversación, tan solo quería que hablara.

—Pasar el tiempo mintiéndote a ti mismo y a los demás para tranquilizarte: «Es normal», «en otro sitio será igual», «¡deja de soñar!», «¡sé realista!», «¡ten hijos!», «tienes un buen sueldo»...

—¡Qué visión tan sombría de la vida adulta!

—¿Nunca la ha sentido, profesora? —dijo sarcásticamente.

—A veces, tal vez. Yo tuve una ventaja sobre ti. Nadie me dijo nunca: «Tienes un buen sueldo» —dijo, y luego se echó a reír.

Max la observó, decepcionado. Pequeñas arrugas se formaban en las comisuras de sus párpados.

—Disculpa, Max —agregó, limpiándose delicadamente la comisura del ojo derecho—. Comprendo que ganarse bien la vida puede convertirse en una trampa. Por la forma en que hablaste de ello, deduzco que eso fue lo que pasó.

Max asintió, con su vista mirando al vacío.

—Dinero, seguridad laboral, sentirse importante y todo lo demás... Una trampa, eso es lo que es.

Y Max empezó a relatar su vida profesional, sin detenerse, de corrido.

Al principio de su carrera, el trabajo de Max era su pasión. Estaba orgulloso de contribuir a la seguridad de una industria que había dado forma a la historia familiar de su madre. Su abuelo era minero. No lo había conocido a causa de una jaula que había entrado en caída libre. Había ido a parar al fondo del pozo número diez de las minas de Escarpelle. Su abuelo y otros cuatro compañeros estaban allí. Había muerto.

Sólo sabía lo que la leyenda familiar había conservado sobre él. Todos le tenían en gran estima. Fue un sindicalista precoz, un hombre que se había arriesgado para defender a sus compañeros.

Muchos pensaban que podría haber hecho carrera política en el Partido Comunista. Esta simple alusión había sido objeto de bromas o discusiones entre los padres de Max, según el estado de ánimo.

El padre de Max, pintor y artesano, se había convertido en su propio jefe a los veinte años, y estaba orgulloso de venir del proletariado. Más tarde, había empezado a votar a la derecha tras sentirse decepcionado con Mitterrand.

Al padre de Max le hubiera gustado que su hijo mayor siguiera sus pasos. Estaba dispuesto a enseñarle los trucos del oficio, el rigor, el arte del acabado.

Pero Max no era un manitas. Las pocas estanterías que se había visto obligado a colocar en su apartamento no estaban rectas. Cuando hubo que cambiar uno de los armarios de la cocina, Julie se lo había pedido a su primo y no a Max.

A una edad muy temprana, Max había querido estudiar, vivir en una gran ciudad, ser uno de esos hombres que se pasean con un maletín repleto de documentos valiosos, con su pasaporte en el bolsillo para coger un avión o un tren. Para Max, ese era el logro definitivo.

Nunca había hablado con sus padres sobre sus ambiciones. No era por esnobismo, era simplemente su dominio propio. Sólo compartía sus victorias. Les ahorraba las derrotas y limitaba así las decepciones.

Si su padre nunca había animado a Max a estudiar, sería injusto decir que había intentado disuadirle. Le había dejado. Le había pagado todo lo que había podido, desde la secundaria en adelante. Max tuvo de todas formas que pedir prestado un poco de dinero y realizar algunos trabajillos durante las vacaciones.

Cuando fue aceptado en la Escuela de Ingeniería, su padre se sorprendió. Pensaba que iría a la Escuela de Negocios, como el hijo de los Lampions, que ahora dirigía la ferretería familiar y había montado una nueva en la zona comercial a las afueras de la ciudad.

La madre de Max, por su parte, tenía un Certificado de Aptitud Profesional en contabilidad que la habilitaba para llevar las cuentas de la empresa de su padre. Era muy exigente con los buenos modales y con las tareas escolares. No eran ricos, pero tampoco pobres. Y como madre, sentía que era su deber asegurarse de que sus hijos tuvieran acceso a una buena educación y que se matricularan en un colegio privado. La llave para elegir su vida.

En realidad, Max no había tenido que elegir. El camino había sido trazado ante él. Y había sido muy cómodo. Probablemente como todos esos fallecidos a los que el género literario se les imponía.

Cuando Max tuvo la oportunidad de unirse a un consorcio minero tras su graduación, aceptó sin dudarlo. La primera razón —patética, pero realista— era que tenía miedo de no recibir una oferta mejor. Y la otra razón —más noble— residía en las fotos de su abuelo con la cara y las manos ennegrecidas, que le habían marcado.

Max había visto su posición como un modo de continuar la leyenda familiar. Era el único que lo veía así.

Con el tiempo, Francia dejó de tener muchos yacimientos mineros. Pero en otras partes del mundo, la explotación del subsuelo continuó. Y él, Max, contribuyó a la seguridad de esos hombres y mujeres trabajadores.

Al menos, eso era lo que él pensaba.

31

Max no estaba comprometido políticamente como su abuelo. Para él, las revoluciones debían hacerse desde dentro.

Pronto se dio cuenta de que la influencia sólo se consigue ascendiendo en el escalafón. Se había convencido de que las pequeñas derrotas de hoy construían las grandes victorias futuras.

No fue así. Con el tiempo, a las pequeñas derrotas se unió la cobardía. El «efecto bola de nieve».

En menos de diez años su grupo había crecido sensiblemente. La llegada de un fondo de inversión a la capital prometía nuevos retos y mayores recursos.

Los nuevos objetivos eran poco realistas para cualquiera que conociera el terreno. Se adquirieron de forma sistemática minas a empresas opacas, en zonas geográficas alejadas del mundo occidental y de sus leyes. Max tenía que ir allí con premura para examinarlas. Su informe era esencial para que el trato saliera adelante.

Una y otra vez se repetía el mismo escenario: Max hacía gala de toda la diplomacia posible para no dramatizar en exceso la situación. Pero tenía que decir la verdad. La tarea era considerable. Nunca se cumplían las normas internacionales de seguridad. El trato a los empleados era, en el mejor de los casos, deficiente y, en el peor, de auténtica tortura. Se debían implementar muchos cambios, pero eso tenía un coste.

Informe tras informe, sus misiones evolucionaron. Sus desplazamientos se hicieron más cortos, limitados a verificaciones sumarias, a intercambios cronometrados. Validaba formularios, pero no sabía si quienes los rellenaban comprendían su contenido.

El riesgo se calculaba como el beneficio, por encima.

El día de su accidente, Max acababa de salir de una difícil reunión con los altos directivos. Se le hacía un nudo en la garganta sólo de pensarlo.

El consejo de administración se reunió en una enorme sala bañada por una luz blanquecina, digna de las salas de autopsia de las series policíacas o de esas cárceles secretas donde se practica la tortura.

—Buena suerte en Guantánamo —le había dicho un colega la primera vez que acudió allí.

Max le había mirado, desconcertado.

—Como la base militar americana —añadió—. En la que los terroristas islámicos se pierden para siempre.

—Después de que te hayan torturado —bromeó otro, que esperaba en la fotocopiadora—. Si te sientes mal ahora, ¡será mucho peor después!

Su gerente se había inmiscuido en la conversación:

—¡Dejad de asustar a nuestro joven amigo! Todo va a salir bien, Max. Tienes tu caso bajo control. Puedes responder a sus preguntas, no tienes nada que temer.

—Y como no están interesados en tu caso, ¡no tendrán ninguna! —bromeó su compañero.

Cuando había entrado en la sala del consejo, la luz le había cegado, pero no pudo pasar por alto la enorme mesa de madera de cerezo que ocupaba todo el espacio.

Los participantes, todos hombres excepto la directora de recursos humanos, deslizaban las carpetas para intercambiarlas.

Max había expuesto su presentación y luego respondió a las preguntas, no sin tartamudear un poco pero con precisión.

Su bautismo de fuego había ido sobre ruedas. Cada trimestre se repetía la misma puesta en escena. Si el ejercicio no se había convertido en algo placentero, ahora resultaba menos intimidatorio.

Sin embargo, la reunión que había tenido lugar el día de su accidente no era rutinaria. Sus conclusiones se habían difundido y estaba preocupado por el creciente número de comentarios de sus superiores.

Con el paso del tiempo y el cambio de las restricciones reglamentarias, su función le exigía ahora redactar sus informes de forma independiente, «en conciencia». Al menos así se presentaba de cara al exterior. Sin embargo, esto no le impedía «nutrirse» de las opiniones de sus compañeros y, sobre todo, de la necesidad de «jugar en equipo».

Aquel fatídico día, las manos húmedas de Max, su tez pálida y sus ojeras delataban su aprensión. Se había convertido en el novato enviado a Guantánamo. Y su tribunal parecía mucho más duro.

Apenas tuvo tiempo de iniciar su exposición cuando el gran jefe le cortó:

—Max, no nos vayamos por las ramas. Nuestras minas de Limpopo no están produciendo suficiente platino. Tendremos que cavar más hondo.

—Cuanto más profundo se excave, más probabilidades habrá de que la mina se derrumbe. Eso es lo que expliqué en mi informe.

—Tu informe, hablemos de ello, Max. Si no excavamos, esa gente perderá su trabajo y no lo recuperará —dijo el director financiero—. Correrán otros riesgos en otras minas o en otros lugares, y morirán.

—Pero el riesgo...

Max no tuvo tiempo de concluir su frase.

—Al menos nosotros asumimos riesgos calculados, y ellos no. ¿Estás de acuerdo, Max?

—Sí —balbuceó—. Pero es precisamente calculando el riesgo como se verifica que el peligro es real.

—¿Así que prefieres que se mueran de hambre, de pobreza, que no les queden recursos?

La discusión se había prolongado durante mucho tiempo, demasiado para él. Había repasado la historia de la mina, que había seguido desde su adquisición. Las condiciones en las minas sudafricanas habían mejorado desde el *apartheid*. Max abogó para que esto continuara, para que el grupo aprovechara su buena reputación.

Los grandes jefes habían resoplado, golpeado la mesa con los puños, simulado. O bajaban a una profundidad de tres kilómetros «con seguridad» —lo que significaba modificar el informe «independiente» de Max— o cancelarían todas las operaciones en la zona.

Max había visto la indigencia de aquellos trabajadores subterráneos. Había luchado para conseguirles cascos adecuados y para reforzar los cimientos.

Era tomarlo o dejarlo. Todo dependía de él y de sus conclusiones. Sin la mina, los mineros morirían de hambre. Con una mina más profunda, podrían morir de otro modo. Finalmente, el balance beneficio-riesgo era favorable a la segunda propuesta.

Max había aceptado hacerse cargo de su informe. Habían insistido. Los detalles se le escapaban ahora, pero la sensación de estar sucio seguía pegada a él.

Cuando terminó la reunión, en el ascensor, sintió náuseas.

Había pasado mucho tiempo sentado en el váter. Cuando salió, se lavó la cara y se miró el pálido rostro en el espejo.

Sintió un soplo de aire frío en la espalda. Se dio la vuelta como si esperara sorprender a alguien. Pero sólo estaba él. Las puertas de los aseos estaban abiertas.

Volvió a enfrentarse al espejo.

Sobre el reflejo de su hombro izquierdo, vio el rostro magullado de su abuelo.

Inclinó la cabeza como su abuela cuando se confesaba. Se avergonzaba de sí mismo. De aquello en lo que se había convertido. A fuerza de negarse a sí mismo, había perdido el rumbo.

32

Había encontrado esa foto de Nueva York en el bolsillo de su chaqueta. Julie debió de pasársela aquella mañana. Ella había escrito en el reverso: «Todo va a ir bien. Por nuestra nueva vida, te quiero. J.».

Había permanecido postrado al volante de su coche en el aparcamiento durante muchos minutos, con Times Square frente a él.

Había tardado en arrancar el motor de su Peugeot.

Acababa de incorporarse a la autopista cuando la lluvia cayó inclemente sobre él. Max tenía la sensación de que ese chaparrón le estaba destinado. «Lágrimas de Dios», habría dicho su abuela.

En su parabrisas aparecieron los rostros hipócritas, inquietantes y culpabilizadores de los «grandes» prebostes a los que acababa de dejar.

Luego vino la inundación.

Max recordó el extracto del Génesis reproducido en punto de cruz y enmarcado en la habitación de su abuela:

> *Y el Señor, viendo que la maldad de los hombres era grande en la tierra, y que toda la intención de los pensamientos de su*

corazón era solo maldad en todo momento, se arrepintió de haber hecho al hombre en la tierra, y esto causó tristeza en Su corazón.

Y el Eterno dijo: «Exterminaré de la faz de la tierra al hombre que he creado, a la humanidad, al ganado, a los reptiles y a las aves del cielo, porque me arrepiento de haberlos hecho».

Cuando Max había comprendido el significado, se había aterrorizado. Si tenía que ir a buscar las gafas de su abuela, que se habían quedado en la mesilla de noche, bajaba la cabeza. En su imaginación de niño pequeño, se arriesgaba a ser maldecido sólo por mirar aquellas palabras.

Mientras llovía a cántaros, Max se preguntó si realmente estaba maldito.

Un torrente de agua caía ahora sobre la autopista. En la radio sonaban *Las cuatro estaciones* de Vivaldi. Max había aprendido a tocar el piano. Su madre había insistido en ello. Ella había tenido razón.

La lluvia parecía seguir el ritmo atronador de las cuerdas.

El viento se interpuso.

Los latidos del corazón de Max se aceleraron con el tempo *presto*.

Una parte de él ya no estaba en aquella cabina sometida a los elementos. Estaba de vuelta en Guantánamo, en aquella escalofriante sala de reuniones.

Más allá de la tormenta, Max sintió odio, repugnancia por el sonido de su propia voz. «Voy a corregir eso», se oyó decir a sí mismo, frente a sus grandes líderes, cada uno más desagradable y decepcionante que el anterior.

«Este» era su informe sobre la seguridad de la mina. Corregir era abdicar.

La melodía se hizo más inquietante. Empezó a llorar al volante.

Cuando el primer rayo cayó a su izquierda, en el arcén, deseó haber sido él el objetivo del mismo.

Y entonces, el camión que tenía delante volcó.

Max miró a la señora Schmidt.

Oyó piar a los pájaros sin prestarles atención.

—Yo...

Max se levantó y volvió a sentarse.

Poco a poco, el piar de los pájaros se convirtió en un sonido continuo e inquietante.

—Yo... no frené. Aceleré. El chirrido de frenos que oí no venía de mí... sino de detrás de mí... Choqué contra el camión.

Se sintió asaltado por un tono agudo.

Max se tapó los oídos con las manos para protegerse del estridente sonido. Era como si le estuvieran introduciendo una fina aguja en los tímpanos.

La señora Schmidt permaneció impasible. Ni ese ataque sónico ni la seriedad de las palabras de Max parecían perturbarla.

—¿Te suicidaste? ¿Es eso lo que acabas de decir, Max?

33

Al decir eso, el ruido estridente cesó. Era como si poner palabras a los nebulosos pensamientos de Max hubiera afectado al ruido de fondo.

—Lo que dije fue que vi una oportunidad de morir y la aproveché. Esto vuelve menos respetable al pequeño Max —dijo, esbozando una leve mueca.

—No veo por qué —replicó la señora Schmidt—. Aquí no juzgamos cómo muere la gente. Ni tampoco sus vidas. No acabaríamos nunca. Imagínate el embrollo que supondría con aquellos que, según el criterio de los vivos, llevaron una vida despreciable: asesinatos, engaños, todo tipo de horrores, etc., pero que murieron de forma «honorable»: enfermedad, infarto, accidente... ¿Qué haríamos?

—No había pensado en ello.

—Ya lo veo. Ya tenemos bastante trabajo con los indecisos, así que si tuviéramos que juzgar también a los vivos... Sólo de pensarlo me da vueltas la cabeza.

Max sintió que le habían vuelto a pillar equivocándose. Esta vez sintió que el reproche era exagerado. Recordaba muy bien el suicidio del hijo de Papa Jean. Max era sólo un niño.

Papa Jean acababa de morir, cargado de deudas. La fábrica iba a ser vendida. Y el hijo de Papa Jean estaba en la calle, sin dinero y sin trabajo. Había cogido el rifle de su padre, el de caza. Intentó apuntar a la cabeza. Falló en parte, pero no del todo. Había salido a la calle y había aterrizado en los brazos del cartero, que había gritado. Había llegado el panadero, y luego el padre de Max. Había muerto en el coche de bomberos.

Buena parte del vecindario había presenciado la escena, que habría hecho desmayarse a los cineastas más sangrientos.

Su acción había sido la comidilla de la ciudad durante semanas, y mucho más allá de la calle principal, donde vivía Max y donde tuvo lugar la tragedia.

Quienes le consideraban un inútil en vida vieron en su acción una confirmación de este veredicto. Otros le culparon de haber sido estúpido hasta el final, por no haber previsto el retroceso del arma. Por su culpa, el cartero quedó traumatizado.

Las palabras del diácono, que había oído en la tienda de comestibles, habían afectado especialmente a Max:

—El suicidio es un pecado mortal. Durante toda la eternidad, tendrá que soportar las consecuencias de su abominación.

Aquel hombre gigantesco había clavado sus ojos oscuros en Max, que se había sentido aún más pequeño. Max tuvo la desagradable sensación de que aquel hombre podía leer su alma, e incluso su futuro. Porque Max pensó que el hijo de Papa Jean debía de sentirse muy desgraciado porque su padre había muerto.

—Condena eterna, muchacho —concluyó el diácono señalando con el dedo índice a Max, que había dado un respingo.

La señora Parterre, la tendera, había asentido. El padre de Max había puesto los ojos en el cielo. Max nunca había sabido lo que pensaba su padre. Sobre ese tema, como sobre muchos otros, el padre de Max no hacía comentarios. Odiaba tomar partido.

Cuando sus padres habían hablado de ello en casa, habían discutido.

—Durante la guerra habrías sido suizo —dijo la madre de Max.

—¡Al menos habría seguido vivo y alimentado a mi familia!

—Si tu padre pudiera oírte... Él, que era de la Resistencia.

—Y el tuyo comunista...

Había salido de la habitación dando un portazo, lo que no era frecuente.

La señora Schmidt se percató de que el tema del suicidio había hecho divagar a Max:

—Veamos la cuestión desde otro ángulo. Pensemos juntos en ello en términos de personajes de una novela.

Él acababa de decirle que había querido morir y a ella no le conmovió. Peor aún, perseveró en sus estudios de estilo. Lejos de las aulas, casi veinte años mayor, se dijo a sí mismo que no estaba tan enamorado de ella. Incluso sospechaba que era una pesada en la vida real.

—Mi querido alumno —continuó, sonando falsamente profesoral—, volvamos a lo esencial. Está el héroe... que a veces puede ser incluso antipático. Como ejemplo, tomemos a...

—¡Sherlock Holmes! —exclamó Max.

Hubiera elegido un héroe más literario, aunque el único que le vino a la mente fue Julien Sorel, que aparecía en *Rojo y Negro,* que había leído en el bachillerato. Pero su memoria se había detenido en el nombre del héroe: no recordaba la trama, ni a los demás personajes. Sospechaba que la señora Schmidt no se conformaría con tan poca cosa. Era su especialidad *cocinar* a sus alumnos, y aún más a los indecisos. Al menos con Sherlock Holmes estaría tranquilo.

—¡Perfecto! Nuestro héroe necesitará ayuda, aunque sólo sea para dialogar e insuflar más vida a la historia.

—¡Qué sería de Sherlock sin Watson! —encadenó Max.

—Exacto. Pero para que el lector se involucre en la investigación del héroe, tiene que ser una empresa difícil, y otros tienen que impedírselo.

—De ahí el profesor Moriarty, ¡su peor enemigo!

—En efecto, el héroe sólo existe a través de los obstáculos que supera, las adversidades que vence. ¿Me sigues?

Max asintió.

—Todo el mundo desempeña un papel en una historia. Como en la vida. Por eso no juzgamos la vida de los que llegan ni la forma en que murieron. Cada uno tiene su lugar. Aquí nada es justo ni injusto. Eso nos evita cometer injusticias.

Por tanto, el hecho de haber querido morir —y haberlo logrado— no tenía ninguna importancia en aquella otra vida. En lugar de sentirse liberado de ese secreto, ahora experimentaba una sensación de vacío, de inacción.

—Ahora que recuerdas las circunstancias de tu muerte, Max, ¿te sientes mejor?

Se rio.

—¿Se está burlando de mí? ¡Es aún peor!

34

Una mano golpeó la ventana. A Max le pareció ver una cabeza. Alguien debía de haberse caído de un piso superior.

Se apresuró a abrir la ventana. Le agarró la mano, más bien la muñeca; no, la manga en realidad, antes de atrapar el brazo. Max interpretó los movimientos erráticos del hombre como una prueba de que necesitaba ayuda. Un ojo entrenado habría considerado, por el contrario, que el desconocido se debatía por ese control repentino.

Max tiró con todas sus fuerzas y, finalmente, aterrizó en el suelo. El hombre cayó encima de Max. Su pelo gris, con un peinado Cadogan[6], contrastaba con su piel oscura. Llevaba un traje negro de licra ceñido al cuerpo y mitones.

Se levantó y lanzó su puño a la cara de Max, que cayó de espaldas sobre la mesa. El jarrón de cerámica se hizo añicos en el suelo, dejando los ranúnculos rosa pálido esparcidos por el suelo.

—¡Pero estás enfermo! —le increpó Max.

---

6 Estilo de peinado que proliferó entre 1760 y 1830. El pelo, que se llevaba largo, se recogía en una trenza o en cola de caballo que, dobladas, se introducían en una bolsita y se ataban con un lazo.

—¡Tú eres el que está loco! ¡Me encontraba en plena escalada!

—¿En medio de una escalada? Estabas colgado en el aire. ¡Y golpeaste la ventana!

—He llamado para saludar a Mireille.

La señora Schmidt le hizo un pequeño gesto con la mano.

—¡Hola, Jeff! Este es Max —exclamó, levantándose de su asiento.

—¿Os conocéis? —gritó Max.

—Jeff es un gran escalador... y compañero... guía. Entre un indeciso y otro, practica un poco de escalada. Y viene a visitarnos para ofrecernos algo de perspectiva.

Max movió la cabeza, molesto. Deambuló por la habitación murmurando para sí mismo.

—Siempre pensé que la escalada era una actividad de enfermos, pero escalar un rascacielos con las manos desnudas... ¿No tienes otras cosas que hacer? ¿Disfrutas muriendo de nuevo?

—Mi pobre Mireille, te has buscado un buen elemento. ¿Cuál es su problema?

—Se suicidó —respondió en tono jocoso.

—Señora Schmidt, ¿cómo se atreve a decírselo? ¡Era un secreto! Y en realidad no lo hice. Fue un poco diferente... No intenté evitar la muerte.

Jeff resopló, exasperado.

—Te gusta jugar con las palabras. Esa es buena señal. Aún no has entendido que aquí no nos importa todo eso. Y para tu información, no morimos en la muerte. Nunca me he caído en mi vida.

—Si tú lo dices...

El tono de Max se había suavizado. Jeff se dirigió al despacho y se sirvió un vaso de whisky.

—Nikka, veintiún años, ¡me encanta! ¡Tienes buen gusto, viejo amigo! Mireille, ¿quieres un poco?

—No, gracias —respondió ella, reanudando su taza de té.

—También me gusta mucho el Nikka. Lo descubrí con unos colegas japoneses en un bar escondido en el sótano de un edificio de Midtown, en Manhattan.

Max había revelado esa anécdota sin ningún motivo oculto, antes de continuar:

—Es una curiosa coincidencia: el Nikka, Nueva York... No es como si estuviéramos en casa, quiero decir.

Jeff se rio.

—Dime, Mireille, ¡tu chico es gracioso! No está en casa... ¡Es el mejor! ¿Y dónde crees que estamos?

—No lo sé. Pero si estuviéramos en mi casa, ¡tú no estarías aquí! —respondió Max rápidamente.

Jeff se acercó a Max para entregarle un vaso y brindar con él.

—No es mala réplica —dijo Jeff—. ¡Tienes potencial!

—¿También estabas en la industria del automóvil?

—En vida fui piloto de Fórmula 1. Luego empecé con la escalada y las acrobacias aéreas.

—Tú... Quiero decir, a ti te gustaban los riesgos... ¡Un poco menos la vida, supongo! —dijo Max, orgulloso de sí mismo.

—Me gustaba la vida, así que me gustaba vivirla. Apuesto a que eras el tipo de persona que hacía cálculos inteligentes para evitar morir. Apuesto a que cuidabas tu colesterol y te privabas de todo lo que te gustaba, como embutidos, queso...

—¿Cómo lo sabes? ¿Tienes un informe médico de los recién llegados?

Ya nada podía sorprenderle.

—¡Nop! —dijo Jeff—. Pero acerté, ¿no?

—A mi abuelo y después a mi padre les diagnosticaron diabetes de tipo dos. Eso significa que estoy en riesgo. «Predisposición genética», dijo mi médico. Así que sí, cuido, o cuidaba, mi alimentación.

—Recuérdame, muchacho, ¿qué edad tenías cuando falleciste?

—Treinta y tres años.

—¡La edad de Cristo! Yo exploté en pleno vuelo a los sesenta y cinco. ¡Así que correr riesgos no te mata!

—A menos que mueras mientras corres riesgos. Supongo que te estrellaste durante una exhibición acrobática...

Max estaba ufano de sí mismo. Jeff parecía inteligente, pero las acrobacias aéreas eran peligrosas. ¡ La prueba era que estaba muerto!

—Lo hubiera preferido. ¡Al menos habría visto el descenso! No, era un viejo avión de pasajeros, un A340. Un problema electrónico. ¡Estalló en vuelo igual que un pequeño reloj de cuco!

—¡Dios mío! He tomado tantos vuelos por trabajo. El A340, un avión tan bonito...

—En cualquier caso, cuando vine aquí no me arrepentí de nada. ¡Mi vida había sido genial! ¡Pero la próxima parte será aún mejor! Todavía estoy ayudando a algunos indecisos y luego me iré a una buena ficción.

—La novela de aventuras es imprescindible —sonrió Max—. Como ese libro de los alpinistas que leí en secundaria...

—¿*El primero de la cuerda*, de Roger Frison-Roche? —sugirió la señora Schmidt.

—Sí, ¡así es!

—¡Dios mío, no! Elegir el género que más me pega... ¡Qué desperdicio!

—¿No crees que tus aventuras son suficientes para inspirar a un autor?

—Si es para volver a hacer lo que ya he hecho, ¡me divertiré! Si sólo los aventureros inspiraran las novelas de aventuras, ¡el mundo estaría en problemas! De hecho, es casi el peor escenario posible, si quieres que te dé mi opinión.

—¿Por qué? —le preguntó Max, desconcertado.

—La literatura tiene que ver con la imaginación. Cuando se conoce demasiado bien un tema, es más probable que se aburra al lector con detalles técnicos sin interés, que se descuide la parte de ficción. ¿Cuál era tu trabajo?

—Estaba a cargo de la seguridad de un grupo que explotaba minas.

—Eso sí que es inusual —dijo Jeff, dedicándole a la señora Schmidt una sonrisa irónica—. Ahora, imagínate una novela sobre un tipo encargado de la seguridad en las minas inspirada en ti, Sr. *Tengo riesgo de ser diabético.*

Jeff se echó a reír. La señora Schmidt se contuvo y añadió con una risita:

—La historia sería más entretenida si hubieras muerto en un accidente de coche, hubieras llegado a nuestra morada y estuvieras indeciso.

Los dos guías entraron entonces en un ataque de risa. Como de costumbre, Max no compartía su humor, pero intentó no demostrarlo demasiado.

—De acuerdo, muy divertido. Me parece que las aventuras de un piloto de Fórmula 1 son más entretenidas que las de un ingeniero. Pero bueno, ¿qué sé yo de literatura? Si no quieres que el lector se beneficie de tus experiencias, es tu problema. Entonces, ¿cuál es tu plan?

Las palabras de Max, su repentina calma, habían puesto fin a las risas de los dos guías.

—Me gustaría iniciar un nuevo género literario —dijo Jeff.

—¿Eso es posible? ¿Qué harías en las salas de espera?

—Aquí puedes inspirar lo que quieras... Para ordenar los libros en bibliotecas y librerías, se necesitan cajas, pero es sólo por comodidad. Hay que encontrar un género que no se aleje demasiado de lo que uno propone. Y luego todo es cuestión de encontrar a un visionario.

—¿Quién sería?

—Un autor del calibre de Paul Auster. Sobre todo en sus inicios, cuando escribió la *Trilogía de Nueva York*.

—Muy acertado. Una historia de detectives que no es una historia de detectives —comentó la señora Schmidt a Max—. Fue muy innovadora cuando salió.

—O un escritor con agallas, que provoque debate, que cultive sus rarezas. Un Houellebecq, un Bukowski.

—Bukowski, ese nombre me suena —dijo Max—. ¿No tenía problemas con la bebida?

—Estoy convencido de que el alcohol abre más claramente las puertas de nuestro mundo a los artistas —respondió Jeff, bebiendo de un trago.

Max no entendía a Jeff. Tenía todo lo que necesitaba para inspirar adecuadamente a un autor en su propia vida. ¿Por qué arriesgarse a no inspirar a nadie o acabar en un ovni literario que no encontraría público, y quizá ni siquiera autor?

Todas estas conversaciones tan alejadas de las preocupaciones mundanas que había conocido en su existencia le estaban agotando. Se sentó en el sofá con su vaso, del que apenas había bebido.

—¿Crees que es buena idea beber alcohol? Será mejor que tenga la cabeza despejada antes de decidirme, ¿verdad?

Jeff se acercó a él y le preguntó:

—¿Siempre eres tan pesado?

Max bajó la mirada. Jeff se sentó a su lado con la botella en la mano y le dio un ligero codazo:

—Tienes que recomponerte. ¡Bébetelo de un trago!

35

—Déjame adivinar... No te divertías todos los días en tu trabajo.

—Estaba...

—A quién le importan los detalles... Estabas trabajando demasiado. No tenía sentido. No tenías suficiente reconocimiento. Por encima de ti había gilipollas hambrientos de poder y dinero. ¿Me estoy calentando?

—Fue la señora Schmidt quien te contó...

—¡No! ¡Se te nota todo en la cara!

Dado el contexto, Max se preguntó si Jeff podía leer realmente en su rostro su abatimiento profesional. Se imaginó su cara tatuada con palabras como «cobarde, perdedor, fraude». Todo era posible.

Max se acercó a la mesa de café de cristal. Vio su reflejo. No era muy claro. Se tocó la cara. No, realmente no podía ver nada escrito.

Jeff estaba a punto de decirle algo cuando la señora Schmidt tomó la palabra:

—Jeff, fuiste muy claro, como siempre. En efecto, Max tenía problemas profesionales.

—¡Y sin vida personal! —exclamó el guía.

—¡No es cierto! Tuve una relación con Julie durante dos años.

—¡Felicidades! Pero sin hijos...

—Así es —dijo, bajando la mirada.

—¡No puedo verlo, te lo aseguro! ¡Pero puedo oírlo! Si los hubieras tenido, ya habrías hablado de ellos.

Max se miraba los pies como si los descubriera por primera vez.

—No es un defecto no tener hijos. He tenido cuatro con tres mujeres diferentes. Los hijos son el mayor riesgo que se puede correr. Con tu perfil, no es sorprendente que no tengas.

Max se llevó el vaso a los labios y luego volvió a dejarlo sobre el brazo del sofá.

—No estoy seguro de que todos los que tengan hijos sean unos aventureros —respondió Max.

—Tienes razón. La mayoría de las personas están adormecidas por sus hormonas. Y por el conformismo social. Pero aquellos que realmente reflexionan antes de tener un hijo, saben que están asumiendo un riesgo enorme.

—¿Cuál es ese riesgo? —preguntó Max.

—En primer lugar, el riesgo de perder tu tranquilidad, tu libertad. Luego, el de que el niño salga mal o se complique, o no encuentre trabajo o no sea feliz. Y, por supuesto, lo peor es la pérdida. Cuando eres padre, el mayor riesgo que corres es perder a tu hijo, que le ocurra algo.

—¿Que acabe aquí?

Los ojos de Jeff estaban empañados.

—Sí, aquí... o en cualquier otro sitio. Tan solo quieres estar con ellos, saber que son felices... Lo siento, tío. Esto me hace pensar en mis hijos. ¡Soy un sentimental!

Ese arrebato emocional avergonzó a Max, pero Jeff se recuperó rápidamente.

—Sin hijos, un trabajo que ya no tiene sentido pero que solía tenerlo... Tú eras del tipo idealista. El tipo de persona que esperaba que su trabajo sirviera para algo, para mejorar el mundo.

—En mi escala...

—Aquí ya no hay escalas. ¡Puedes pensar en grande, muchacho! No cambiaste de trabajo porque tenías miedo, ¿verdad?

—Pensé que sería igual en otros lugares. Y también había una oportunidad en Nueva York... Y me pagaban bien.

—Dinero... El peor invento de la humanidad. Cuando la gente no lo tiene, está jodida. Cuando lo tienen, temen perderlo. ¡Así que hacen estupideces!

Estas palabras irritaron a Max. Sus estudios de ingeniero habían sido caros. Sus padres se habían sacrificado mucho para ayudarle. Su padre no había podido sustituir su viejo Citroën CX, su madre nunca había vuelto a Grecia como había soñado. Así que tirarlo todo por la borda era desdeñar su sacrificio.

—La buena noticia es que aquí, pobre, rico, endeudado, no importa —dijo Jeff.

—Quizá —suspiró Max—. Pero debes tener los medios para inspirar...

—Lo que Jeff quiere decir es que no se trata de dinero —terció la señora Schmidt—. Se trata sólo de ti. Y no atañe a tu dinero o tu educación, ni siquiera guarda relación con tu experiencia: se trata de lo que amas, de lo que sueñas. Es aquello que te hace vibrar lo que inspirará a tu autor. Porque eso es lo que él o ella querrá transmitir a sus lectores.

—Y hay lectores de todas las formas y tamaños —dijo Jeff—. *Nerds*[7], proletarios, aventureros, jóvenes, ancianos; gente que

7 Término inglés que designa a personas apasionadas por áreas intelectuales, técnicas o académicas, como la informática, la ciencia, la matemática o la

lee para aprender, otros que sólo quieren despejar la mente. ¡Hay todo un mundo de posibilidades!

—Me alegro de que hables de la eternidad como de un juego —se lamentó Max—. ¿Y si me equivoco?

—¿Qué es lo que crees? ¿Que morirás por segunda vez? —Jeff se rio—. No tienes remedio, tío —dijo, dándole una palmada en la espalda.

—¡Me llamo Max! ¡Sólo los vagabundos o los borrachos llaman a la gente que acaba de conocer «tío» o «muchacho»!

—¡Ahí lo tienes! ¡Por fin te estás soltando! Ahora toma esa energía y ponla en un género.

Max se sujetó la cabeza con las manos.

—¿De qué tipo? Por favor, ayúdame.

—Podemos darte ideas. Pero sólo tú puedes decidir.

Jeff se levantó como si hubiera oído una voz.

—¡Mierda! Tengo que irme. ¡Tengo que ir a sacudirle las pulgas al indeciso de Valmy! El tipo murió en el incendio de su casa. No pensó en despertarse, ¡estaba demasiado borracho! Y ahora no parece más fresco... ¡El tiempo vuela! —concluyó Jeff, imitando las agujas de un reloj girando en su muñeca izquierda.

El escalador abrió la ventana y dirigió una última mirada a Max y la señora Schmidt:

—¡Hasta la vista!

Se frotó las manos y se lanzó hacia la parte superior del edificio. Max no pudo reprimir un «¡Oh, Dios mío!».

---

literatura, y que tienden a tener un gran conocimiento y habilidades en esos campos.

36

La señora Schmidt se quitó las gafas y se llevó una de las patillas a la boca.

Cruzó las piernas y luego las descruzó con la gracia de una bailarina con tacones altos. Su falda recta se elevó sobre sus muslos.

¿Podría un muerto sentir su entrepierna?

Max se sentía tan avergonzado e incómodo como cuando veía a su querida profesora caminar entre las filas de alumnos durante los inevitables exámenes. Se recogía el pelo en un moño y se reajustaba las gomas antes de dejarlo caer hasta los hombros.

Al igual que en la escuela, Max estaba convencido de que ella era consciente de los efectos que tenía sobre él y que estaba jugando con sus nervios, y con su sexo. Desde la distancia.

Era como si los guías de esta otra vida fueran brujos sin fe ni ley.

Volvió a cruzar las piernas. Max no podía soportarlo más. ¿Y si había llegado el momento de satisfacer su deseo? ¿Quizá por eso estaba ella aquí? Algunas religiones prometían vírgenes en el cielo...

Su propio paraíso era quizá esta fantasía adolescente finalmente cumplida.

Ella echó un jarro de agua fría a su deseo adulto con una frase:

—La fantasía, Max, está muy bien. Te ayudará a inspirar a tu autor. Si lo deseas, la literatura erótica te está esperando. Quizá encuentres allí a Odile, si a la postre toma esa decisión. Es un género muy de moda.

Su seriedad lo heló.

—Em...

—Ya te lo he dicho, Max. No estoy siendo crítica. La literatura no puede permitirse el esnobismo.

—Lo que quieres decir es que «tiene que haber de todo en este mundo».

—Sí, sea lo que sea este mundo.

No se atrevió a mirarla a los ojos.

—Nuestro objetivo no es analizar las decisiones vitales que hayas podido tomar. Eso pertenece al pasado. Tienes que dejar de verte a ti mismo como la suma de tus elecciones. Es al revés. Lo que decidas hoy definirá la persona que serás. Eres lo que decidas ser, y no lo que has sido. Por eso Jeff compartió sus pensamientos contigo.

—Fue usted quien le trajo aquí, ¿verdad?

La señora Schmidt no contestó.

—¡Lo sabía! Aquí no existe el azar, menos aún que en la vida. Todo está calculado.

—Pensé que debías conocer a Jeff. Es un hombre que corrió riesgos toda su vida y, sin embargo, no ha muerto por ello.

—¡Yo no tomé ningun riesgo y morí en mi coche!

—Aquí, como en la vida, la mayoría de la gente no se hace preguntas. Se dirigen hacia la evidencia. Han leído tanta ficción que les resulta obvio. Si se lo pensaran dos veces, estarían más estresados, ¡créeme!

—¡Eso seguro! —dijo Max, levantando su vaso.

—Eres una de esas personas que piensa, que proyecta, que se anticipa.

—Anticipar los riesgos era mi trabajo.

—Sí, puedes decirte a ti mismo que es una deformación profesional. Pero el trabajo también se elige porque resuena contigo. Si no hubieras tenido esa tendencia a preocuparte, a planificar, probablemente habrías elegido un camino completamente distinto. Pero esa no es la cuestión.

No, no era esa la cuestión. Pero si Max hubiera elegido otro trabajo, ¿su vida y su personalidad ansiosa habrían sido diferentes? ¿Examinar todos los posibles riesgos durante todo el día le había llevado a convertirse en ese tipo nervioso, ansioso y ahora indeciso?

La señora Schmidt puso su taza sobre la mesa; el tintineo coincidió con el sonido de un gong, como el que utilizaba el profesor de yoga de Julie para señalar el final de la clase.

—No sé si esto te ayudará, pero he decidido que vas a ser mi último indeciso —dijo la señora Schmidt.

Max se atragantó. Tardó un minuto en recuperar el aliento. Acababa de sonar el final de la clase.

—¿Estás bien, Max?

—¿Ha elegido?

—Sí. ¡Gracias a ti!

Max sintió ganas de llorar. Se sentía abandonado. Recordó aquel día en el supermercado en el que se había perdido. Tenía cuatro años. Estaba solo, diminuto en medio de los expositores de latas de conservas. Una señora le había guiado hasta la entrada. Aún podía oír los altavoces: «El pequeño Max espera a su mamá en la recepción de la tienda».

—¿Qué género? —preguntó Max en un tono entre curioso y agresivo.

—No lo sabrás hasta que tu decisión se haya hecho oficial.

Max dudó preguntarle si podía ocupar su lugar como guía. Temía que ella se riera de él. Él mismo se reía interiormente de la idea. Qué mal guía sería. Un guía con mala actitud, ignorante de la literatura moderna y clásica.

Se vio a sí mismo vagando con su indeciso amigo por los meandros de las calles, tan sombrías como ellos.

Max caminó hacia la señora Schmidt.

Justo después Max y la señora Schmidt, con vaqueros azul claro, chaquetas a juego y zapatillas Converse, estaban en un porche. El agua caía a cántaros por el callejón empedrado. Unas cuantas figuras con impermeables se apresuraban bajo unos paraguas negros.

La señora Schmidt agarró la mano de Max y, antes de lanzarse, se volvió hacia él y le dijo:

—Si nos quedamos aquí, nos convertiremos en peces. Y yo ya tengo menos...

Max terminó su frase:

—... ¡memoria que un pez de colores!

37

Fue Garance quien había pronunciado esa frase la noche de su primera cita.

La había llevado a un lugar extravagante como sólo París sabe invocarlos. Un café teatro con un pianista mediocre en el que los clientes servían de conejillos de indias para aprendices de cómicos. El lugar era asequible para su economía de estudiante.

Durante todo el lamentable espectáculo, había temido el juicio de Garance, estudiante de Literatura en La Sorbona. La había conocido la semana anterior en una fiesta en casa de un amigo.

Garance había salido en silencio. Luego se había vuelto hacia él, dedicándole su sonrisa más encantadora: «¡Ha sido desastroso, pero ha tenido gracia!». Se rio y se le aguaron los ojos.

Entonces empezó a llover y esperaron en aquel callejón, bajo un pequeño porche con una impermeabilización incierta. Y ella le había cogido la mano antes de decirle: «Si nos quedamos aquí, nos convertiremos en peces. ¡Y yo tengo menos memoria que un pez de colores!». El resto se adivina.

Max estaba enamorado.

Max había encontrado su rayo de sol en esa chica de un metro sesenta, con el pelo corto y unas formas inexistentes. Era la Jean Seberg de *Al final de la escapada,* de Jean-Luc Godard (a quien había descubierto gracias a Brune en la escuela). Garance había venido a sacudir los años noventa y, al mismo tiempo, su vida.

Por ella, lo aceptaba todo. Los fines de semana que pasaba leyendo en su estudio cerca de Saint-Michel, donde se había criado. Las inauguraciones en las galerías de arte del sexto distrito, donde se colaba con facilidad. Las sesiones nebulosas en los cines de arte del Barrio Latino. Las citas en la biblioteca Sainte-Geneviève.

Ella le dio «cuidados para el alma»: Françoise Sagan, Albert Camus, Simone de Beauvoir, Jean-Paul Sartre, Paul Auster, Virginia Woolf, Milan Kundera, Franz Kafka y otros muchos cuyos nombres había olvidado.

Garance comprobó que Max cumplía con su prescripción literaria. El seguimiento era preciso, agotador. Max tuvo que hacerle un resumen de sus lecturas. A esto seguía un apasionado debate en el que se sentía alienado. Todo ello en el Café de l'Odéon, donde se aglomeraban los aspirantes al estatus de escritor, intelectual y parisino.

Por la noche, ella le mecía al son de los versos de Baudelaire, Rimbaud o Apollinaire.

Tras un año de romance, se fue a África. Participaba en un programa de alfabetización. Él se reuniría con ella después de su último año en la Escuela de Ingeniería. Se veía inventando nuevas técnicas para mejorar el acceso al agua potable. Viajarían por todo el mundo. Ella soñaba con ser Marguerite Duras. A él le gustaba la idea de ser su amante.

Pero nunca regresó.

Las imágenes se desplazaban en sentido inverso, como una cinta de VHS que se rebobina. Después, la película de recuerdos comenzó de nuevo el movimiento hacia delante, mientras entraba en su edificio del decimotercer distrito.

Podía verse a sí mismo subiendo las escaleras hasta la habitación.

El conserje le pasaba el correo por debajo de la puerta porque no tenía buzón propio.

Ese día había encontrado una carta de Garance. Hacía dos semanas que ella no le escribía. ¡Una eternidad!

En el sobre, pegadas, las pegatinas «By Plane» y «For You».

Se tomaba su tiempo. Le gustaba leerla. Sabía cómo escribirle. Cada carta era demasiado corta, a pesar de esas quince páginas de letra diminuta y regular.

Se tumbó en la cama y olió su perfume impregnado en el sobre.

Cuando se decidió a abrirla, el «querido Max» en lugar de «mi amor» le clavó un puñal en el corazón.

Había conocido a un periodista inglés, un hombre de letras de Oxford. «Contigo tuve la impresión de que no era cierto. Uno puede obligarse a leer, pero no a vivir la literatura», le había escrito.

Había roto la carta con rabia antes de intentar unir los trozos. Había perdido algunos trozos muy pequeños. La misiva, pegada por todas partes, con agujeros en algunos lugares, era una reproducción bastante exacta del estado de su corazón, en plena descomposición.

Estuvo tumbado en la cama durante la semana siguiente. Su madre muerta venía a visitarle en sueños. El conserje venía durante el día: «Tienes que comer, pequeño Max. ¡Una perdida, diez encontradas!».

Pero no encontró a ninguna como ella.

Intentó acciones desesperadas, de las que ahora se avergonzaba. Le había escrito. Mucho. Demasiado. Cartas declarando su amor incondicional por ella, mientras la insultaba por arrojarse a los brazos del primero que había conocido. Una vez la amenazó con acabar con su vida, que ya no tenía sentido.

No podía recordar todos los detalles. Y probablemente era lo mejor.

Ella nunca contestó. Al cabo de unos meses, esas cartas volvieron con un sello: «Destinatario desconocido en esta dirección».

Max no renunciaba a comunicarse con ella. Pasaba horas en el café donde solían encontrarse. Se sentaba siempre en el mismo sitio. Podía sentir su presencia en el olor del capuchino, en los retazos de conversación que captaba sobre Dostoievski, en las risas de aquellas chicas de ojos traviesos. Esperaba que ella estuviera de vuelta en Francia, o al menos de paso.

Un día se levantó, pagó su café y fue a llamar al timbre de la casa de sus padres, que estaba a pocos pasos. Se había cruzado con ellos en contadas ocasiones.

En el rellano de su lujoso piso con vistas al Panteón, la madre de Garance le había respondido que no se encontraba allí. Estaba preparando su boda en su casa de la Costa Azul. Max se había echado a llorar. Allí mismo, sobre el felpudo.

La madre de Garance, avergonzada, le sugirió que entrara a tomar el té. Salió corriendo.

Hasta su muerte, había evitado los distritos quinto y sexto, y en particular la calle Soufflot. «Demasiado mal frecuentado», bromeaba cuando Julie quería ir al jardín de Luxemburgo.

Después de esta historia, había evitado a las mujeres en general y a la cultura en particular.

En la industria minera tuvo la sensación de encontrar sus raíces, lejos de los intelectuales parisinos, aunque estuviera rodeado de ejecutivos sobrecualificados. Pertenecía a la comunidad de los trabajadores manuales, a su manera.

Desde que había muerto, nunca había advertido la conexión existente entre la lectura y Garance. De pronto comprendió por qué se había prohibido leer; por qué, desde su llegada, se había sentido tan desdichado en aquel mundo, hecho por la que tanto le había hecho sufrir.

Se detuvo bajo la lluvia en medio de una calle típica del Barrio Latino, delante de una librería. Se puso las manos en el pecho y gritó a la señora Schmidt:

—¡La literatura me rompió el corazón!

Bajó las manos. En su palma había un corazón rojo de vidrio soplado, como el que Julie había traído de su visita a la cristalería de Murano.

38

Faltaban tres meses para su muerte. Max se había resistido durante mucho tiempo al viaje a Venecia. La quintaesencia del turismo de masas, una parodia del amor, según él.

Julie le había convencido para ir allí en invierno.

Habían conocido la ciudad bajo la nieve, inmaculada. Habían encontrado *trattorias* típicas y deambulado por muelles despoblados.

Se había reconciliado con Venecia y, en cierto modo, con el amor. Ahora era consciente de ello.

Cuando Max había conocido a Julie, su ruptura con Garance estaba bien digerida, o eso creía él. Habían pasado diez años. Toda una vida cuando se es joven.

Había conocido a algunas chicas, historias condenadas al fracaso. Y esto no le perturbaba en absoluto. Al contrario, el apego le resultaba inconcebible.

A los veinte años, Max había perdido a su madre y a Garance casi de forma consecutiva.

Cuando había conocido a Julie, era muy consciente de que no quería atarse, y menos aún de forma permanente. Estaba consagrado a su trabajo.

Lo que Max no había previsto era que Julie no se pareciese a ninguna mujer que hubiera conocido hasta entonces.

Un amigo le dio su número y la elogió: «La única dentista del mundo que puede hacerte un raspado apenas cepillándote las encías... ¡Tiene un don! Es tan dulce como guapa. Si no estuviera casado...».

Max odiaba ese tipo de pensamiento machista, y su muela estaba tan dolorida que lo único que le importaba era que le trataran. Un viejo dentista cascarrabias le habría venido igual de bien.

Ella había aceptado tratarle sin cita. Venía en coche desde las afueras. Ella le esperaría. No tenía prisa.

Llamó al timbre de su despacho una tarde de febrero. Estaba oscuro. Abrió la puerta, sonriente, con su bata blanca.

Su ayudante se había marchado. Lamentó llegar tan tarde. La circunvalación interior estaba congestionada.

Él la siguió. Caminaba con paso ligero pero rápido, apoyada en unos zapatos de tacón beige. Su pelo rubio recogido en una coleta dejaba ver su cabeza.

Se sentó en el sillón. Cada uno de los gestos de Julie era preciso, aplomado y al mismo tiempo extremadamente rápido.

Le recetó analgésicos y le dijo que volviera para una revisión.

Normalmente, Max habría estado harto de tener que volver a pasar por París, de perder el tiempo en esas nimiedades. Habría elegido una fecha lejana y la habría pospuesto varias veces hasta cancelarla. Esta vez, sin embargo, optó por la primera cita que ella le ofreció, la semana siguiente. Seguiría siendo el último paciente del día. Era más fácil si llegaba tarde.

Él le prometió que llegaría a tiempo. Ella lo tranquilizó: «Hazlo lo mejor que puedas. Aún tengo papeleo para mantenerme ocupada».

Ese día salió temprano del trabajo en previsión de los atascos. Había elegido un traje entallado y una camisa nueva. Se había perfumado y afeitado.

Ella fue fiel a su primera impresión. Sonriente, profesional, alegre.

Al final del tratamiento, mientras se ponía el abrigo, se lanzó.

—Es tarde. Si no tienes planes, podríamos ir a comer algo. He visto que hay un restaurante italiano aquí al lado.

Ya se estaba arrepintiendo de sus palabras. Ella estaba trabajando, no estaba allí para que le tiraran los tejos. Ya estaba enfadado consigo mismo. Debía buscarse otro dentista, la vergüenza le impediría volver. Y ella tampoco querría atenderle.

—¿Coreano, más bien? Hay uno excelente cerca.

Max tardó unos instantes en comprender el significado de sus palabras. Murmuró un inaudible «ok».

Julie irradiaba amabilidad. Sus ojos se iluminaron.

—¿Me das dos minutos? —le preguntó.

—Incluso tres —respondió, recuperando algo de color.

Lo que siguió fue igual de rápido y natural.

Julie acababa de abrir su propio negocio. Trabajaba mucho. A diferencia de todas sus novias anteriores, era muy complaciente con los viajes de Max.

Apreciaba su humor constante, su capacidad para adaptarse a él, a su modo de vida.

Le gustaba la comida exótica e irse de vacaciones al otro lado del mundo.

Julie no era una de esas chicas que necesitan que las tranquilicen. Veía a sus amigas durante la semana, hacía yoga, siempre tenía nuevos proyectos. Se sentía cómoda con su vida, y a Max le gustaba eso de ella.

Se fueron a vivir juntos por pragmatismo. También por afecto.

Lo que Max no había previsto eran las expectativas de Julie de hacer oficial su unión. Con un hijo, por ejemplo.

—¿No lo quieres o no lo quieres conmigo? —le preguntó una noche, cansada.

Julie había ido a visitar a su hermana pequeña, que acababa de tener gemelos. Había ido sola, a pesar de que Max debía acompañarla. Él había tenido mala suerte: su vuelo procedente del Congo se había retrasado y cancelado. Tuvo que pasar a través de Doha de camino a casa. Él se encontraba agotado. Ella se estaba pasando.

—No sé, Julie... ¿Podemos hablar de ello otro día?

—Necesito saberlo —respondió ella—. Necesito que te decidas para que yo pueda decidirme también.

Ella había insistido en el «tú» y el «yo».

Max no había decidido nada. Ya tenía suficientes responsabilidades en su trabajo como para agobiarse con nuevas obligaciones. Cuando pensaba en niños, sólo tenía en cuenta una suma de limitaciones financieras, organizativas y emocionales.

No se sentía preparado para ser padre. Igual que no se sentía preparado para convertirse en un personaje de novela. No le importaba la inmortalidad, perpetuar su ser a través de un hijo o de una obra de ficción. Lo único que quería era vivir con sencillez, hacer su trabajo con honestidad.

Si hubieran tenido un hijo, quizá habría evitado aquel camión en la autopista, quizá habría conseguido plantar cara a sus jefes, hacerse valer o, simplemente, habría dimitido.

Después de esa conversación, Julie no había vuelto a ser la misma. Aguardaba una respuesta, él lo sabía. Y ella sabía que él lo sabía.

En ese ambiente habían viajado a Venecia. Él había organizado los billetes de avión. Una forma de resarcirse.

Había reservado una habitación en un encantador hotel de Dorsoduro.

En el aeropuerto, Max había sorprendido a Julie al preferir un taxi acuático al *vaporetto.*

Envueltos en una manta azul, con las mejillas enrojecidas por el helado viento, habían regresado por el Gran Canal. Julie estaba radiante. Max le habló del ascenso que le acababan de ofrecer en Nueva York.

Ahora podía admitirlo: Nueva York le había parecido una buena distracción. Pocas ciudades podían competir con el deseo de tener un hijo. Había soñado tanto con vivir en el extranjero. Varias veces, a causa del trabajo de Max, había surgido la cuestión de la expatriación, pero ella no se veía estableciéndose en Ciudad del Cabo o en una zona aún más remota.

Frente a la iglesia de Santo Stefano, un cuarteto interpretaba *Las Cuatro Estaciones,* el himno de la ciudad de los Dogos. Estaba nevando. Se aferró al brazo de Max.

—En Nueva York también nieva en invierno —le susurró al oído.

—Acostúmbrate —respondió, antes de zafarse de su abrazo y de lanzarle una bola de nieve.

Su gesto había sido tan espontáneo, tan repentino, que temió la reacción de Julie. Se rio, pasó el guante por encima de un muro bajo nevado y se vengó.

Habían vuelto cogidos de la mano; ella tenía la cabeza apoyada en el hombro de él.

Habían caminado hasta el café Florian, donde habían tomado chocolate caliente. Podía ver en sus ojos la esperanza que tenía en él.

Le recordó a Brune, que le había ofrecido el papel de Christian. Ella también había creído en él. La había decepcionado.

Él también se había sentido decepcionado aquel día.

Julie lo amaba. Y él la amaba igualmente. Pero no era la pasión desbordante que había sentido por Garance. Era mucho más real.

Max sabía que tendrían que volver sobre esa cuestión de los niños. Pero era incapaz de hacerlo, igual que era incapaz de hablar de la muerte.

Mientras tanto, había dejado que Julie soñara con una nueva vida en Nueva York, a pesar de que no quería el ascenso y de que su trabajo le torturaba día y noche.

Desde donde estaba ahora, todo eso le parecía absurdo. Podría haber dimitido, plantearse otro tipo de misión o incluso un reconversión laboral. Julie le habría apoyado, si lo hubiera sabido. Pero no podía hablar con ella sobre esto.

Si tan sólo hubiera tenido a su lado a la señora Schmidt, un límite de tiempo para obligarle a elegir...

Sabía que su estancia en la Tierra era temporal. Pero no se sentía constreñido por el tiempo, no estaba obligado a decidirse inmediatamente.

En la otra vida, lo comprendieron todo: la indecisión era un veneno cuyo efecto se multiplicaba por diez con el tiempo.

39

La señora Schmidt caminó hacia él, empapada. La lluvia la hacía brillar.

A cada paso, su rostro cambiaba. De su profesora de Literatura a su madre treintañera, luego a Brune, luego de nuevo a su madre cuarentona, luego a Garance, luego a mujeres con el rostro borroso, y finalmente reconoció la dulce sonrisa de Julie.

Ella estaba ante él. Pero, ¿quién era esta mujer? ¿La señora Schmidt? ¿Julie? ¿Todas las mujeres a las que había amado?

Puso sus manos sobre el corazón roto que Max sostenía.

Ella lo besó. Sus labios estaban calientes. Él cerró los ojos.

Cuando volvió a abrirlos, pudo sentir el corazón latiendo en sus manos. Era un corazón de verdad, con vasos sanguíneos, ventrículos y un latido tranquilo y preciso.

Tuvo un reflejo de rechazo antes de apretar las manos por miedo a que se le cayera.

Ella le sonrió, empujó las manos de Max hacia su pecho para que su corazón encontrara su lugar.

Un agradable calor se extendió por el pecho de Max.

Bajó la mirada hacia su pecho y tuvo la visión de un nenúfar, como en *La espuma de los días, la* novela favorita de Julie. Ella se lo había contado en una de sus primeras citas. Él se había cerrado en banda, diciendo que odiaba leer. Ella había dudado un momento. Max era libre de que no le gustara lo mismo que a ella, pero la violencia de su reacción la había avergonzado. Él pasó el resto de la velada intentando compensarlo.

Lo que no le había dicho era que Garance le había prescrito a Boris Vian en su última recomendación literaria. El nenúfar quedaría ligado, para siempre, a la mujer que le había relegado a la soledad en su cuarto, la que le había devuelto a su insignificancia.

Sin embargo, allí, en aquel callejón empapado, por primera vez, ya no estaba enfadado con Garance. Incluso admitió que ella podía tener razón. Como con Brune, se había disfrazado para complacerla. Había sido un impostor. Cada mañana se despertaba con el temor de que ella ya no le quisiera, de que le hubiera descubierto. Su carta de ruptura sólo había reforzado su ansiedad.

Lo que Garance nunca había sabido era que, antes de conocerse, él leía mucho. Había engullido los tres volúmenes de *El Señor de los Anillos* y *El Hobbit*. J. R. R. Tolkien no tenía secretos para él.

En su estrecha habitación, en medio de la lectura de esas peripecias heroicas, ya no era Max, el joven estudiante exhausto que se atiborraba de fórmulas matemáticas. Era tan humilde como Frodo, tan leal como Sam, tan valiente como Aragorn, tan sabio como Gandalf. Todos ellos fueron sus compañeros de viaje. Los siguió en el camino hacia Mordor. Huyó de Gollum. Protegió el anillo.

«No es suficientemente serio», «demasiado infantil», había oído sin que fuera dirigido a él. Se había convencido a sí mismo de que cuanto más convocaba a la imaginación, más perdía el tiempo. J. R. R. Tolkien nunca había figurado en el programa de sus exámenes, ni siquiera en el de conocimientos generales. Sus padres no habían dudado en dejarle entregarse a tales trivialidades. Una de esas lógicas que Max se había inventado y en la que se había refugiado.

Quizá fue al morir su madre cuando se despidió de J. R. R. Tolkien. Al dejar su mundo sin avisar, ella también le había hecho abandonar el mundo de la infancia y sus fantasías.

Para ella, por todo el tiempo que había pasado supervisando sus deberes, yendo a las reuniones de padres y profesores, convenciendo a su padre de la utilidad de las *grandes écoles*, él tenía que triunfar en sus estudios, en su carrera.

La lluvia se convirtió en una llovizna cálida y agradable. Un rayo de sol al final del callejón iluminó a la mujer, que se había convertido de nuevo en su guía, la señora Schmidt.

—Descubrí mi género —dijo.

—Lo sé —sonrió la señora Schmidt—. ¿Ves ese doble arcoíris?

—¡Maravilloso! ¡Se ven los dos extremos!

—Esa es la señal de que lo has encontrado.

Justo después estaban en una biblioteca de arquitectura gótica, propia de las universidades británicas.

Estos cambios de lugar ya no le molestaban. Se acostumbró como si fuera una noche inquieta en la que su inconsciente jugara con él. Ya no luchaba. Ahora cabalgaba esa ola nostálgica con cierto placer.

Conocía aquel lugar. Pero, ¿dónde estaba?

40

—¡Ya lo sé! ¡La biblioteca Bodleiana de la Universidad de Oxford! Aquí es donde Tolkien enseñaba inglés antiguo. Fui a visitarla, en secreto, durante un viaje de negocios.

Max había ido a Oxford a una conferencia. En el avión se encontró con un artículo sobre la famosa universidad. Entonces se dio cuenta de que iba a la tierra de J. R. R. Tolkien.

Se había escapado de una pomposa conferencia con la excusa de un dolor de cabeza. Max había llegado a seguir un «tour Tolkien». Se había perdido el principio, pero no el plato principal: la biblioteca.

Max comprendió que algo estaba ocurriendo. Ese lugar tenía tanta importancia en su propia mitología que no podía estar de paso, como en los demás escenarios y épocas por los que había transitado.

Max había vuelto para concluir su viaje de indecisión. Lo sintió en sus carnes.

Sonrió al ver su traje de *tweed*, típico de los caballeros granjeros ingleses.

Incrédulo, fascinado por esas estanterías, se dio la vuelta. Podía oler el olor a cuero, madera y cera.

—Aquí se rodaron escenas de *Harry Potter* —exclamó.

—El lugar se presta a ello... —respondió la señora Schmidt, de pie ante él, con un largo vestido de terciopelo rojo y cuello ajustado.

—No puedes imaginar cuánto me ha marcado este lugar. Tienen un ejemplar de todas las obras que se han publicado en el Reino Unido. Hay una enorme cantidad de material sobre la Edad Media y las lenguas germánicas. Se dice que esta biblioteca desempeñó un papel relevante en la construcción de la obra de Tolkien.

—Es un lugar muy especial... —La señora Schmidt buscó la palabra—. Muy literario. Tolkien es una lectura muy exigente.

—Es mucho más que un autor —presumió Max—. Inventó lenguas y mitologías.

—Todos los autores son inventores. Pero él merece ese título incluso más que otros. Estoy de acuerdo, mi querido Max.

—Sus padres murieron cuando él era joven. Primero su padre y luego su madre. Consiguió una beca para Oxford. Forjó su propia leyenda.

—Un poco como tú...

Max no contestó directamente.

—Cuando era más joven, me avergonzaba leer textos de fantasía. No entendía todo el trabajo lingüístico que había detrás. No te imaginas cuántas horas pasamos juntos él y yo... Había olvidado cuánto me gustaba su obra... Por mí, por Garance.

—¿Tu novia no se llama Julie?

—Sí, pero Garance estuvo antes. En resumen, ella me rechazó y, para vengarme de ella, yo rechacé la literatura. No vi que era a mí a quien rechazaba. A mí y a mi placer.

Había hablado frenéticamente, como si fuera a desaparecer sin previo aviso.

Cogía un libro, lo abría, lo cerraba y cogía otro.

La señora Schmidt no tuvo tiempo de comentar las palabras de Max.

—Tenéis razón. Tú, Odile, Theo, Jeff. Lo he mezclado todo. En mi familia veíamos más la televisión. Leer era una práctica para intelectuales. Yo ya estudiaba... Debía tener cuidado de no convertirme en «un sucio parisino», como solía decir mi padre. Y estabais Brune, Garance, tú e incluso Julie. Mujeres bellas e inteligentes que sabían más de literatura que yo. Para no hacer el ridículo, me encerré en mi papel de alto ejecutivo, obsesionado con mi trabajo, que era incompatible con la lectura.

—Según tú...

—Sí, en mi opinión. Una creencia estúpida. ¡Tuve que morir para darme cuenta de ello!

—Tiene que haber algunas ventajas.

—Mi mayor placer literario, como sabes, fue a través de Tolkien —dijo Max.

Su fluidez fue rápida, exaltada, pero su tono sincero revelaba una verdadera confianza en sí mismo. Había acabado con la apatía que le caracterizaba a su llegada, las maneras de un niño pequeño al que habían pillado equivocándose.

—El padre de la fantasía moderna —bromeó la señora Schmidt—. Un buen antihéroe, ese Frodo.

—¿Qué entiendes por un antihéroe?

—Un personaje *a priori* corriente que vive una vida corriente en un entorno corriente. Nada le predestinaba a convertirse en el héroe de la historia, salvo las circunstancias.

—Excepto su propia muerte...

La señora Schmidt miró a Max con visible simpatía.

—Tolkien es imaginación en estado puro —dijo ella, para reforzar su punto de vista.

—Y el espíritu de comunidad, la búsqueda de sentido —añadió.

—Es gracioso, Max.

—¿Qué le hace gracia?

—La fantasía es la quintaesencia de lo que únicamente la literatura puede ofrecer a sus lectores: otra realidad que únicamente toma forma en sus mentes.

—¿Un poco como aquí?

—En efecto... El autor es sólo un guía. Propone universos a sus lectores, que se los apropian. El autor traza un plan y cada lector construye su mundo. También se convierte en el héroe. Al final, el lector es el único creador. En este sentido, hay tantas lecturas de una obra como lectores.

Y ella le dirigió una mirada de gratitud, de orgullo.

—¿Señora Schmidt? —dijo.

—Sí, Max.

—Me iré pronto, ¿verdad?

—Sí... A menos que quieras convertirte en guía en mi lugar.

41

—¿Estás bromeando? ¿Yo, un guía? ¿Me has visto? ¡Estás hablando con el tipo que lloraba como una fuente!

—Esa humildad que te caracteriza... Es lo que te hace tan especial, Max.

—No se trata de falsa modestia. Soy realista.

—Eres exigente. Contigo y con los demás. Este camino que has emprendido y en el que te he acompañado es por el que hay que pasar para llegar a ser un buen guía. Hay que comprender el dolor del otro, entrar en resonancia para seguirle. Y para ello, es preciso haberlo experimentado.

—¡Pero yo no sé nada de literatura!

—Eso es secundario. Aquí tendrás mucho tiempo para leer, créeme.

Durante ese día, Max había soñado con convertirse en guía. Una buena manera de recordarlo todo, de no tener que elegir. Pero allí, rodeado de todos esos libros, empezó a soñar con ser el personaje de uno de ellos. Podía convertirse en el rey de los elfos; Legolas, en la trilogía, había perdido demasiado poder para su gusto. Las imágenes de gigantes, enanos y guerreros barbudos y mujeres aladas corrían por su mente. Adoptarían los rasgos de Julie, de su madre, su padre e incluso su hermano.

—No sé... —continuó—. ¿Adónde vas?

—Ahora puedo decírtelo. Elegí... ¡el *thriller* psicológico!

—¿Te refieres a investigaciones policiales? —preguntó Max.

—No necesariamente.

Max frunció el ceño. No veía la conexión entre *thriller* y psicología. Para él esos términos eran en realidad antitéticos. Ella se dio cuenta.

—En el «*thriller* psicológico» la tensión se crea mediante resortes psicológicos, como las maniobras y el acoso, que se basan en los traumas de los personajes. ¿Conoces *Rebeca*, de Daphne du Maurier?

—¿No es una película de Hitchcock?

—Sí. Se inspiró en la novela de Daphne du Maurier —respondió ella, ligeramente molesta—. La historia trata de una joven que conoce a un viudo cuarentón en la Riviera. Se casa con ella y la lleva a su mansión, Manderley. La joven está obsesionada con la primera esposa de su marido, Rebeca. La difunta persigue a todos y sobrevive gracias a la devoción de su antigua ama de llaves.

—La recuerdo muy bien. Da mucho miedo.

—Sin embargo no hay ningún monstruo, ningún asesinato en serie. Toda la tensión se basa en los resortes inconscientes de los personajes. ¡Me encanta!

Lo había dicho mientras levantaba las manos al cielo, radiante. Le brillaban los ojos.

—Creo que es un género muy popular —dijo Max.

—Sí, gusta mucho. Al menos eso es lo que yo pensaba. Me encantan el suspense y las investigaciones, sobre todo cuando tienen que ver con la complejidad del alma humana. Nunca me atreví a admitirlo. Pensaba que tenía que decantarme por un género sofisticado. En mi profesión, o al menos en mi anterior profesión, leer *thrillers*, psicológicos o no, estaba mal visto. Eran una suerte de placer culpable.

—Como un chef estrella disfrutando de una hamburguesa —apuntó Max.

Se rio y se tapó la boca con la mano, como las jóvenes bien educadas de principios de siglo.

—Gracias a ti, Max, me di cuenta de que lo que me gustaba de ser guía era ayudar a los indecisos en su búsqueda. Con cada recién llegado, existe esta tensión: ¿lograré guiarles? ¿Lograrán ellos elegir? Es esta curiosidad la que me motiva. Ahora estoy dispuesta a compartirla con un autor.

—¿Ha desaparecido tu tendencia culpable?

—Este tiempo pasado contigo, ese encuentro con Odile... Ahora me siento liberada de mi papel, el de estar a la altura de mis conocimientos.

La señora Schmidt miraba fijamente la vidriera que tenía delante, en la que un caballero cabalgaba sobre un dragón.

—¿Señora Schmidt?

—Llámame Mireille, Max.

—Mireille... Creo que prefiero adentrarme en la fantasía en lugar de convertirme en guía.

Ella le miró con curiosidad. Obviamente, no había esperado una respuesta así, ni siquiera después de las revelaciones de Max. Que ella recordara, todos los indecisos a los que se les había ofrecido convertirse en guías habían aceptado. Max era el primero en declinar la oferta.

La señora Schmidt se preguntó si esto era una prueba de que había tenido éxito o de que había fracasado en su misión. El futuro no se lo diría. Pronto olvidaría su experiencia como guía. Y Max, la experiencia de estar indeciso. Al menos eso se decían entre guías. Porque nadie había regresado nunca de la tierra del romance para hablar de ello.

Por otra parte, algunos autores parecían extrañamente inspirados, como Luigi Pirandello y su obra *Seis personajes en busca de autor.*

Max miró a su alrededor buscando a la señora Schmidt.

—Me sentiría más útil con un autor. ¿Estás enfadada conmigo?

—En absoluto, es tu elección. ¿Puedo preguntarte por qué?

Max miró hacia el cielo y luego a la señora Schmidt, directamente a los ojos.

—Convirtiéndome en guía, quizá pudiera guiar a un recién llegado. Pero la literatura me permitirá guiar a cientos, a miles de personas. Quizá inspire una odisea que ayude a sus lectores a atreverse, a arriesgarse, a cambiar. A no resignarse. Tal vez esos lectores se ahorren el sufrimiento que yo he experimentado. Comprenderán antes de morir que sólo ellos son dueños de su destino, que no deben tener miedo a decidir.

La señora Schmidt se acercó a él.

—Lo tienes todo planeado, Max. Y mucho más rápido que yo.

Le besó en la mejilla. Como una madre. Como una amiga.

Y desapareció.

Un rayo de sol brilló a través de la vidriera en la que un caballero montaba un dragón. Las alas de la bestia empezaron a batir lentamente, luego cada vez más deprisa. Max dio un paso adelante.

El caballero desapareció y el dragón miró a Max, agachándose como para dejarle montar. Max alargó su mano para acariciar la cabeza escamosa de la bestia.

La vidriera se desintegró en una nube de polvo multicolor. Dio paso a montañas, praderas, dragones que surcaban el cielo. Les seguían criaturas mitad hombre, mitad águila. El olor a fuego acarició sus fosas nasales.

Max estaba donde debía estar.

Agradecimientos

A Emmanuel por su apoyo incondicional.

A Anna por su benevolencia y disponibilidad.

A Marie-France W. y Marie-Odile M. por guiarme, cada una a su manera.

A Jean-Philippe, Constance y Marie por sus consejos de expertos.

A Virginie y a Éditions de l'Archipel por creer en esta historia, que no encajaba en ningún género.

Y a todos los autores cuyas obras han sido incluidas en esta novela.